Y0-CJF-614

Date: 12/21/18

SP FIC LOBO
Lobo, Fernando,
Friquis /

PALM BEACH COUNTY
LIBRARY SYSTEM
3650 SUMMIT BLVD.
WEST PALM BEACH, FL 33406

FERNANDO LOBO
FRIQUIS

NARRATIVA

Para la escritura de este libro, el autor recibió apoyo del Programa de Estímulos a la Creación y Desarrollo Artístico del estado de Oaxaca, durante el año 2012.

Derechos reservados
© 2016 Fernando Lobo
© 2016 Almadía Ediciones S.A.P.I. de C.V.
   Avenida Monterrey 153,
   Colonia Roma Norte,
   México, D.F.,
   C.P. 06700
   RFC: AED140909BPA

www.almadia.com.mx
www.facebook.com/editorialalmadía
@Almadía_Edit

Primera edición: mayo de 2016
ISBN: 978-607-97159-2-2

En colaboración con el Fondo Ventura A.C. y Proveedora Escolar S. de R.L. Para mayor información: www.fondoventura.com y www.proveedora-escolar.com.mx

Queda rigurosamente prohibida, sin la autorización de los titulares del *copyright*, bajo las sanciones establecidas por las leyes, la reproducción total o parcial de esta obra por cualquier medio o procedimiento.

Impreso y hecho en México.

FERNANDO LOBO
FRIQUIS

Almadía

Advertencia

Los hechos y personajes ficticios de este relato aparecen combinados con los reales de un modo absolutamente irresponsable.

El espectáculo no conduce a ninguna parte, salvo a sí mismo.
                                            Guy Debord

¿Acaso no es tu sueño hacer el ridículo en alta definición?

La voz en *off* suena así:

—¡Bueeeeeenos días México, buenos días América Latina y comunidad hispana en los Estados Unidos, bienvenidos al sabatino número uno de la televisión hispanoparlante! ¡Eeeeesto eeeeeees...!

La orquesta se ilumina, el escenario resplandece y estalla un paroxismo de trompetas, saxofón, coros, bajo eléctrico, percusiones latinas y requinto frenético. Desde las alturas del foro caen papelitos con destellos metálicos. Veloces cámaras se aproximan a su objetivo, se alejan, se deslizan, se elevan, descienden, pican y contrapican.

—¡Sábadooooo... especiaaaaaaal!

El programa fue lanzado a principios del verano anterior, para cubrir de emergencia dos horas en Canal 6. El espacio había quedado libre tras la repentina cancelación de *Hogar y armonía*, cuyo conductor, instructor de yoga masivo y profeta urbano de la vida sana, acababa de sufrir un fulminante coma diabético en plena transmisión. Los ejecutivos de la predominante cadena Telemanía, aprovecharon la situación para transformar el concepto de las nueve de la mañana y dirigirse a un espectro de público más amplio, compuesto básicamente por despachadoras y comensales de fondas, amas de casa, bebedores matutinos, burócratas alienados en su día libre y subempleados con televisores portátiles. Millones de personas. En el decálogo del corporativo Telemanía, el término *desastre* se define como "ventana de oportunidades". La empresa rescató de las cenizas al experimentado productor Gustavo Mancera, quien gustoso abandonó la campaña publicitaria de una marca líder en pañales desechables. Según los sondeos preliminares, el elenco que incorporó Mancera parecía garantizar un fracaso prematuro. El primer anunciante de *Sábado especial* lanzó al mercado un frasco de suero oral sabor anís.

—¡Querido público que nos acompaña en el estudio, para conducir este programa queda con ustedes... la sensacional, la exuberante, la enigmática, la monumental, la Diva de México: Taaaaania Mooooooooonroy!

Tania aparece agitando en lo alto la mano izquierda, como si acabara de ganar Miss Tamaulipas. Diminuto conjunto de licra amarillo vibrante, cintura imposible, dos blanquísimas hileras de dientes en un rostro lozano y radiante que contradice cualquier acta de nacimiento. Los últimos estudios arrojan sorprendentes resultados: un primer plano de sus pestañas resaltadas provoca erecciones en asalariados de catorce países del continente. Poco antes de aceptar este trabajo, Tania se resignaba a protagonizar comerciales de cremas contra las várices.

El Consejo de Administración de Telemanía ya planificaba su próximo cambio de imagen, de símbolo sexual a comadre pícara, sólo apta para series de comedia.

—¡Buenos días, mis amores!

Ovación ensayada del público. Tania es amor. Buenos días, Tania.

—Y EL CONDUCTOR MÁS SIMPÁTICO DE LOS SÁBADOS POR LA MAÑANA, EL INCANSABLE, TOOOONI, EL GAAAAALLO... VELAAAAA...

El ex boxeador aparece en contraplano, respaldado por una trayectoria de ídolo popular que incluye caídas por nocaut en campeonatos de tres diferentes categorías, un fraude a la mafia de apostadores de Las Vegas y un programa intensivo de desintoxicación alcohólica. Frac plateado, ojos muy abiertos, sonrisa rígida. Sus coágulos cerebrales no le impiden mirar de frente a la cámara y exclamar:

—¡Qué bonita, mi familia mexicana!

Así es como la televisión lleva entretenimiento hasta el más miserable de los dormitorios: pantallas gigantes, luces láser, estroboscopios, elevadores hidráulicos, artistas invitados, payasos, malabaristas, voluptuosas bailarinas con botas, sombrero tejano y bikini, guiñando ojos y moviendo las caderas al compás del pasito duranguense, ventiladores gigantes, comediantes obscenos, atletas retirados, malabaristas, concursos, imitadores, sorteos, albures, indiscreciones, botargas, fisicoculturistas, trapecistas, transexuales, bailarines, una piscina, la orquesta y una familia de chimpancés amaestrados, todo eso en los primeros cinco minutos. Las imágenes suceden a un ritmo epiléptico.

Durante el segundo trimestre, *Sábado especial* incrementó su *rating* por más de veinte puntos. Según los sondeos, la causa del ascenso radicaba en cierta espontánea tensión sexual que el público imaginaba entre la Monroy y el ex boxeador. A indicaciones del productor Mancera, Tania y Toni comenzaron una gradual combinación de insinuaciones y rechazos, evolucionando desde el antagonismo hasta cierta coquetería descarada, calculadamente soez. Esto ocurría sólo en el set, porque en la vida real Tania detesta al ex boxeador y a ella no hay quien la soporte. Dadas las circunstancias, la cadena determinó algunas modificaciones para el tercer trimestre: *Sábado especial* se trasladó al canal *premier* de la cadena y la duración del programa aumentó a dos horas.

Volvemos con Tania, quien les desea a los televidentes que estén muy a gusto ahí, junto a sus seres queridos, en sus hogares, y les explica lo importante que es para las familias de hoy cuidar la salud y cocinar con aceite Sorullo, cien por ciento sano...

—¡Cien por ciento tuyo! —responde entusiasta el público a la señal de las edecanes.

Las marcas aparecen en todos los planos. *Sábado especial* es un paso adelante en el camino hacia la utopía publicitaria, el mundo como un espacio sin fronteras que separen el entretenimiento de la publicidad, un comercial permanente. Hay marcas en la escenografía, marcas insertadas digitalmente en el cuadro, los artistas invitados nos hablan de las marcas que les han permitido ver la luz al final del túnel, y en las gradas el público del foro celebra la existencia de las marcas agitando su candorosa alegría masiva, las muestras gratis de champú y las playeras que les repartieron en la entrada.

—¿Acaso no es tu sueño hacer el ridículo en alta definición? ¡Recuerda que Sábado especial es el *show* en donde el Patiño... eres túúúú!

Cada semana, desde la madrugada, se forma en la banqueta de Periférico una fila de dos kilómetros de familias enteras, gente ansiosa por obtener un pase de ingreso al Foro 3 de Telemanía San Jerónimo, fanáticos dispuestos a integrarse al fenómeno, a arrastrarse en el lodo mientras se canta "Cielito lindo", hacer grotescas imitaciones, participar en carreras de botargas, comer insectos vivos, embadurnarse el cuerpo con manteca o cualquier otra forma de degradación que sea necesaria para salir a cuadro diez segundos, y si hay suerte, obtener un tostador.

Hoy comienza el cuarto trimestre y el programa ya es el fenómeno de comunicación de masas que ha reinventado los fines de semana. A la burocracia y el subempleo se suman los hijos desocupados y las tías solteras; ancianos pensionados, buscadores de empleo, criminales, policías, intelectuales, periodistas, clérigos, políticos, lumpen y burguesía, hasta los que odian el programa sintonizan el canal *premier* de Telemanía, complementando la neurosis cotidiana de un sábado por la mañana. Hoy, la transmisión en vivo del programa suma sesenta puntos del *rating* nacional. Es la bomba expansiva de la temporada. La cadena amplió su cobertura a todo el continente porque, de cualquier modo, tarde o temprano todos terminamos cocinando con aceite Sorullo, cien por ciento sano...

—¡Ni se le ocurra cambiarle, permanezcan en sus asientos porque esto eeeeeeees...!

—¡Sáaaaaaabaaaado... eeeeespeciaaaaaal!– responde el público. Veloz paneo a las gradas: brazos en alto y rostros desfigurados por la euforia de aparecer en la pantalla durante milésimas de segundo.

Comerciales.

Tania Monroy sale trotando del set rumbo a su camerino. Un séquito de colaboradores se mueve a su alrededor con precisión coreográfica: la peinadora le retira los broches, la maquillista le coloca una bata de seda y unas gafas reflejantes mientras Berta Domínguez, su asistente personal, le comunica los recados acumulados en el último bloque de programa.

—Las guacamayas brasileñas que encargaste ya llegaron al Pedregal.

—Seis meses, tuve que esperar seis pinches meses para que me entregaran esos putos pajarracos. ¿Tú crees que es justo?

—Definitivamente no. El licenciado Larrazábal te envió unos papeles para que los firmes.

—Cómo le gusta chingar a ese pendejo de Larrazábal.

—Tu entrenador de pesas dice que si no quieres volver al gimnasio es tu problema, pero insiste en que le pagues las siete mensualidades que les debes. Si quieres puedo hacerle un depósito...

—Yo no le pago ni un pinche quinto a esos incompetentes. Que me demanden, a ver si tan cabrones.

—Y... llamó el doctor Erástegui... personalmente... dijo que no tiene caso que sigamos dejando mensajes en su consultorio, que no importa lo que hagamos, él no va a realizar la operación.

Por un instante la coreografía se detiene. El camerino es una imagen fija. La asistente Berta contempla su reflejo empequeñecido en los desproporcionados anteojos de Tania. Esta vez se trata de un asunto delicado. El doctor Diego Erástegui es reconocido como el cirujano plástico de las estrellas mexicanas. Si ganas más de un millón de dólares al año y deseas restirar, compactar o resanar glamorosamente alguna zona de tu pellejo, no queda bien acudir con otro especialista en la ciudad. No está bien visto. Y si una situación contradice a Tania Monroy, tal vez sea la situación la que deba comenzar a preocuparse.

Tras casi una década alejada de los escenarios, Tania ha vuelto. Firmó el más jugoso contrato de exclusividad en la historia de Telemanía, es la imagen de campaña de una marca internacional de cosméticos, saltó de los palenques al Auditorio Nacional, su compacto de cumbias norteñas alcanza discos de platino por las ventas en todo el continente y el primer sencillo, "Mis pecados", permanece en el primer lugar de las listas desde hace meses. Su trasero está asegurado por un millón de dólares, pero por encima de cualquier otra cosa, Tania es la conductora de *Sábado especial*. Nominada como Diva de México por la Asociación Hispana de Productores, Tania es amor.

—Mi cielo, ¿recuerdas quiénes eran aquellos médicos de Houston que nos enviaron folletos por correo?

—Por supuesto. La clínica New Eternity. Sale más caro operarse ahí que viajar al espacio.

—Hazme una cita. Urgente. Y llama otra vez a Erástegui. Dile de mi parte que vaya y chingue a su madre.

La diva ha llorado a cántaros a lo largo de once telenovelas, pero cuando se trata de asuntos delicados, su influencia más firme es el cine de ficheras. No en vano participó en los grandes clásicos del género.

No soporto los escándalos

Recargado en el costado de un ruinoso auto negro, Mac Cervantes, periodista de espectáculos y director del semanario *Farándula*, simula indiferencia en medio del Depósito Vehicular Cabeza de Juárez, a orillas de la delegación Iztapalapa. El inmenso corralón no alcanza para contener unos mil autos abandonados, decomisados o recuperados, estacionados en largas hileras, algunos recién llegados, otros cubiertos por espesas capas de polvo, otros más oxidándose hasta la desintegración. Las grúas avanzan arrastrando vehículos con historias traumáticas, levantando espesos nubarrones de tierra sobre el asfalto erosionado. El predio está bordeado por pilas de carrocerías olvidadas y amontonadas. El periodista mira hacia el monumento a Benito Juárez, una colosal cabeza de cemento encima de una base cuadrangular que sobresale por encima de la barda, y piensa que aquello, más que un prócer, parece un trofeo de futbol llanero. Por su parte, Mac Cervantes parece un predicador de peinado relamido, pantalones grises de pinzas, camisa almidonada y suéter *beige* con cuello redondo, una especie de evangelista en el interior de un deshuesadero. Es lunes. Vibra el celular. Está llamando Susana Colmenares, reportera estrella y jefa de redacción de *Farándula*.

—Susi.

—Hola, Mac. Ya tenemos nota de portada.

—Dime.

—¿Recuerdas que Tania Monroy se operó la nariz ayer en Houston?

—No tenía idea.

—Bueno, parece que a los doctores de la New Eternity se les pasó la mano con el bisturí láser. No quiero aburrirte con detalles, la cuestión es que la mujer perdió los pocos tejidos sanos que le quedaban. En su lugar quedaron dos conductos de ventilación y una protuberancia ósea, o sea, como un piquito...

—New Eternity... espera, ¿no se supone que estos tipos eran los mejores del mundo?

—Bueno, su publicidad garantiza un margen de efectividad de 99.9 por ciento. Tania resultó ser su 0.1 por ciento. Los directivos de la clínica negaron todo y cerraron las puertas, y luego nosotros cercamos el edificio. Al final se improvisó una conferencia en el área de urgencias. Los médicos a cargo dijeron que la operación se realizó para resolver graves complicaciones ocasionadas en intervenciones anteriores, y que hicieron todo lo que estuvo en sus manos. La Monroy acaba de abandonar la clínica por el helipuerto. Ya enviamos un equipo a su casa en el Pedregal. También le estamos dando seguimiento a Erástegui.

—¿Erástegui?

—El médico que antes operó a Tania en México.

Susana Colmenares viste trajes sastre en colores vivos y tiene las cosas bajo control. En los códigos del semanario, "dar seguimiento" significa desplegar un operativo de acoso permanente, resoplando en la nuca de la celebridad, recordándole las frases más hirientes de sus enemigos, falsos o reales, hasta que pierda los estribos y suelte una declaración hostil que valga la pena publicar en una portada. Los reporteros de Farándula S.A. son reconocidos como los mejores depredadores sobre la selva de asfalto. Cuentan con el entrenamiento adecuado para sacar de quicio a un lama tibetano. Es una mañana común.

—¿Eso es todo, Susi? ¿No hay otra cosa?

Farándula, la publicación número uno en la industria nacional del chismorreo, aparece todos los miércoles en tu puesto de revistas más cercano. La edición se cierra oficialmente los martes a las diez de la noche. La desgracia personal de Tania Monroy basta y sobra para un tiraje de tres millones de ejemplares más reimpresiones, pero el jefe Mac prefiere mostrar una actitud de compromiso y lealtad corporativa, como si le hubieran tatuado en el pecho el lema de la empresa: "Siempre hay algo más sucio allá afuera".

—Bueno, si de algo sirve, encontraron otra vez a Marlon Gómez en una recaída.

"Recaída" significa: una habitación de motel en algún

poblado suburbano de Estados Unidos, el aroma dulzón de la cocaína base impregnado en las paredes, una celebridad internacional encerrada horas y días, sepultada bajo una montaña de encendedores vacíos, hasta que el personal comienza a alarmarse. El caso Gómez es peculiarmente lamentable. La prensa ha perseguido al cantante durante años, sin interrupciones, de la moderación a la sobredosis, de los cargos judiciales por posesión de drogas en Tucson hasta el remate por internet de sus siete premios Grammy y la sentencia de rehabilitación obligatoria con declaraciones públicas de arrepentimiento. En las etapas de "recaída", algunos periodistas listillos le consiguen la droga.

—Susi.

—Dime.

—Necesitamos algo mejor que eso.

—Es lo que hay, Mac. Sugiero que esperemos las declaraciones del cirujano.

—Si no hay alternativa.

—Adiós, Mac.

—Adiós, Susi.

Como de costumbre, Colmenares conserva la calma. Así funciona el reparto de responsabilidades. La jefa de redacción mantiene informado al jefe mientras él se limita a entrevistar figurones en exclusiva, visitar la oficina después del mediodía, mostrar una actitud de pretendida autoridad y arreglar extraños encuentros como el que está a punto de ocurrir.

Entre los remolinos de polvo aparece la fantasmal silueta de Simón Pérez. Ropa cara y arrugada, azarosos movimientos de mirada, cuerpo afectado por un sutil descontrol. Pérez es un tipo raro.

—Oye, Mac, ¿con qué criterios eliges estos lugares? ¿No podríamos citarnos en un putero, como personas civilizadas?

El periodista reacciona como si permaneciera en un estado de meditación.

—Mira a tu alrededor, Simón. ¿Qué es lo que ves?

—Chatarra. Me pone nervioso.

—Fíjate en el chofer de aquella grúa... Míralo todo el tiempo que quieras, no volteará a verte. Tiene problemas complicados que debe resolver. Sus propios problemas. No le interesa lo que hagamos aquí tú y yo. Este es un lugar discreto. Me gustan los sitios así. No soporto los escándalos. Mejor tranquilízate, respira profundo y veamos qué sorpresas trajiste.

Sí, aparentar indiferencia es lo que mejor le sale a Mac Cervantes, pero en el fondo padece de cierta paranoia crónica, que se evidencia en el costoso blindaje de su Mini Cooper, el dispositivo de gas Victimizer 2001 guardado en el bolsillo, así como la pedantería de impartir lecciones sobre discreción. Al menos por ahora, el periodista posee un conocimiento relativamente claro acerca de quiénes le deben favores, quiénes ya lo han traicionado y quiénes aceptarían unas monedas a cambio de su ruina. Del bolsillo interior del saco, Simón extrae un sobre de papel manila.

—Esto de verdad va a gustarte, Mac.

Cliente selecto del mercado negro de las imágenes, *sommelier* del material gráfico ignominioso, Mac recibe el sobre, lo abre con cuidadoso desdén, prepara mentalmente una respuesta para el regateo, extrae una lámina al azar y reconoce de inmediato aquella figura: Marieta, la estrella juvenil del pop. A lo largo de su precoz carrera artística, la inestabilidad existencial de esta cantante ha producido suficiente material para satisfacer los morbos más ávidos y exigentes: explotación infantil, sexo *gay*, fraudes millonarios, lavado de dinero, drogadicción y música pop. Tras el último escándalo, desatado por las declaraciones de su propia madre, quien la acusó de abortar un hijo del representante Luigi del Prado, la cantante se ausentó repentinamente de la escena. Los tabloides más empecinados le perdieron la pista.

El periodista se mantiene ecuánime.

—¿Una estrella juvenil besándose con su guarura? Simón, en mi buró tengo fotos de un premio nobel de la paz sodomizando a su perro, un Chow chow, ¿cuánto dices que quieres?

—Sigue mirando, Mac.

Captadas a una distancia aproximada de un metro y con resolución suficiente para no dejar dudas, las imágenes muestran una secuencia de primeros planos que conduce a la cantante y a su guardaespaldas desde el intercambio de caricias casuales hasta el sexo explícito en una cama redonda flanqueada por descomunales osos de peluche. Son evidentemente auténticas. Un trabajo realizado por especialistas.

—¿Las tomaron... desde adentro?

—Cámaras ocultas en el mobiliario.

La ansiedad del fotógrafo deja entrever un desliz de orgullo. Cervantes no se inmuta.

—No veo que esto sea muy útil, el resultado es borroso, no alcanzo a distinguir... Podría ser cualquier travesti con peluca... En fin, he visto cientos de imágenes como esta...

Entonces Simón muestra una sonrisita de rufián. Si algo lo enorgullece en su vida, es ese gesto. Sus rodillas podrán temblar mientras el mundo se derrumba, pero él tiene su firme y estudiada sonrisita de rufián.

—Si no las quieres, tengo unos amigos en Univisión...

Hace algunos años, Pérez se presentaba ante el mundo como un esteta. A diario salía de su casa antes del amanecer con su cámara Yashica de segunda mano. Registraba, exclusivamente durante la salida del sol, paisajes urbanos: puentes, avenidas, estadios, centros comerciales, estacionamientos. Buscaba espacios amplios y deshabitados para lograr el efecto de una ciudad abandonada de súbito. Intentó colocar sus trabajos en galerías de Chapultepec y Polanco. El rechazo fue unánime. Los galeristas argumentaban ausencia de originalidad. Pérez consideró que los mercaderes del arte eran incapaces de comprender cualquier concepto profundo. La necesidad lo condujo a solicitar un empleo como fotoperiodista en la sección de espectáculos de *El Universal*. Retratar personas fue su pecuniaria obligación. Los gestos de las estrellas lo exasperaban. Cada actitud le parecía igual, uniforme, toscamente exacta. Una tarde en Tijuana capturó la imagen de Jacinto Magaña, legendario cantautor de rancheras, en evidente escena de adulterio. No fue necesario esforzarse, más bien fue una torpeza de Magaña besar aparatosamente a una corista en el pasillo del mismo hotel en el que se hospedaban los paparazzi. El ídolo popular acababa de cumplir treinta años de matrimonio. Esa noche, a punto de enviar los archivos incriminatorios a la redacción, Pérez sintió escrúpulos. Para quienes no están habituados, los escrúpulos estimulan la conciencia por mecanismos misteriosos: cierta canción de Magaña le evocaba a Simón Pérez un pasado más amable. A la mañana siguiente el fotógrafo contactó al agente de prensa del cantautor. Le mostró unos revelados perfectos y los ofreció en venta junto con los negativos. Pidió una suma exorbitante, según sus modestos parámetros. El agente aceptó. Cuando Pérez tuvo el dinero en sus manos, comenzó a ver las cosas desde una nueva perspectiva. Según su razonamiento, el acto de hacer públicos los secretos vergonzosos de las personas es, desde luego, moralmente inaceptable; la extorsión, en cambio, no pasa de ser un acuerdo civilizado entre dos personas. Un artista incomprendido es alguien potencialmente peligroso. Simón Pérez incursionó de lleno en el negocio del chantaje. El siguiente cliente (o modelo o víctima, según la perspectiva), fue un diputado federal. Pérez lo captó saliendo de un prostíbulo. El legislador pagó sin chistar. El fotógrafo renunció a *El Universal*. Los modelos involuntarios fueron apareciendo de modo natural: un futbolista de primera división que trafica esteroides, una jueza de la Suprema Corte que en ocasiones no controla su manera de beber y lo exhibe en la vía pública, un secretario de finanzas adicto a los casinos, una conductora de noticiarios al momento de ponchar los neumáticos de su jefe; todos se mostraban generosos a la hora de pagar. Un día el diputado prostibulario contactó a Pérez para pedirle que siguiera los indecorosos pasos de un compañero de bancada, quien sostenía reuniones secretas con altos mandos del partido en el poder. Ahora los primeros chantajeados regresaban con el chantajista para chantajear a otras personas. Así fue como Simón Pérez se vio operando un negocio literalmente redondo: un comando de fisgones que operaba sistemas de vigilancia sobre blancos móviles o fijos, las veinticuatro horas, los días que fueran necesarios, con el fin de obtener imágenes comprometedoras.

Que Pérez es el *non plus ultra* de la extorsión profesional, eso hasta Mac Cervantes lo sabe. Pero en este país, si lo tuyo es caminar sobre el filo de alguna navaja, tarde o temprano acabarás metiéndote con personas más peligrosas que tú. Eso fue lo que le pasó a Pérez. Por eso ha decidido incursionar de vuelta en el ambiente del espectáculo.

—Simón, supongo que estamos hablando entre personas serias, y nadie, absolutamente nadie, ni en este planeta ni en Júpiter, tiene una copia de esto, ¿verdad?

—Las tomé pensando en ti, Mac.

—Sí, claro.

Auténtico y *exclusivo*, las dos palabras favoritas de Cervantes. Las imágenes provienen de fotogramas de video impresos sobre papel laminado. El chantajista menciona una cifra razonable. El periodista no acostumbra regatear con dinero de la empresa. La operación de contraventa se efectúa a la vista de muchas personas que resuelven sus propios problemas.

—Simón, ¿dónde está ahora nuestra querida cantante?

—No tengo idea. Estos registros son anteriores a su desaparición.

—¿Por qué las ofreces hasta ahora?

Sonrisita de rufián.

—Hasta luego, Mac.

—Espera, Simón…

Pérez desaparece entre autos desvencijados y nubes de tierra. El periodista mira por última vez la desproporcionada cabeza de Juárez, dobla en dos partes el sobre manila y reflexiona sobre la cifra razonable mientras camina rumbo a su Mini Cooper. El material recién adquirido debió costar muchísimo más dinero. No sería necesario ser un paranoide para suponer que alguien quiere ver publicadas esas fotos, por alguna razón que Mac desconoce.

Un pedazo de carne

—¡Doctor, doctor, los médicos de la clínica New Eternity de Houston lo acusan a usted de negligente! ¿Cuál es su opinión al respecto?

—¡Doctor Erástegui! ¿Es cierto que usted deformó a propósito la cara de Tania Monroy?

Los reporteros de espectáculos actúan como cazadores solitarios cuando persiguen presas pequeñas, pero cuando es preciso derribar a un mamífero grande, se aglutinan en jaurías. El cirujano no tiene la intención de hacer apariciones públicas. A lo largo de veinte años de carrera, el mutismo ha sido su carta de presentación. Tal vez por eso es el favorito de las estrellas. Ahora los paparazzi rodean su auto y se apretujan contra las ventanillas laterales y el parabrisas, como en una mala película de zombis filmada en la cochera de la clínica, así que debe empujar la portezuela con fuerza, salir del vehículo a empujones y avanzar hacia el consultorio repartiendo codazos.

—No agreda a los medios de comunicación, doctor, estamos haciendo nuestro trabajo.

—Doctor, la Monroy dice que usted es una sucia alimaña ponzoñosa, ¿qué le responde?

Erástegui es quien ha realizado las primeras diecinueve operaciones estéticas de Tania Monroy: pómulos, párpados, papada, nariz, glúteos, senos, estómago. Ha introducido su bisturí en zonas que la paciente jamás escuchó mencionar. El médico mandó construir un chalet rústico en Huixquilucan mientras los rasgos de la diva se transformaban y las ilusiones eróticas del pueblo se desbordaban cada fin de semana. Al finalizar la segunda temporada de *Sábado especial*, Tania fue al consultorio de Erástegui y anunció que deseaba volver a operarse la nariz. Sería la tercera intervención en dicha área. Erástegui se negó cordialmente por consideraciones de carácter estético: la nariz de la diva era, ya de por sí, una obra maestra llevada al extremo. Un apéndice más fino quedaría sencillamente feo. Tania reaccionó como acostumbra. Sentenció que ella no era mujer de evasivas y que su nariz sería aún más bella, es decir, más fina, o dejaba de llamarse Tania Monroy. Por el mero afán de quitarse a la paciente de encima, el médico respondió que ordenaría nuevos estudios. También recomendó una segunda opinión. La diva lanzó al cirujano una de sus miradas enigmáticas, y se fue. Erástegui está más que habituado a los desplantes melodramáticos. Una semana después, se comunicó con Berta y le notificó que, según los estudios recién efectuados, la intervención era inviable. Tania, ya sabemos, lo mandó a la chingada.

—¡Doctor! ¿Podría explicarnos porqué ella lo odia tanto?

Dos metros antes de alcanzar la puerta de su consultorio, Erástegui siente que pierde el aplomo. No puede dar un paso completo sin que le bloqueen el camino. La luz intensa de las cámaras le impide ver lo que tiene enfrente. Los reporteros lo empujan, lo rodean, lo estrujan, le restriegan los micrófonos en la cara. Le dan seguimiento. El médico inhala una larga bocanada de aire. Tiene que darles algo. Un pedazo de carne. Es el único medio para lograr que se alejen. Se detiene, se abre espacio extendiendo los brazos y declara lo primero que se le ocurre:

—A ver, escúchenme bien, porque no lo voy a repetir. La señora que ustedes mencionan ya no es mi paciente, pero el caso no deja de preocuparme. Ella padece un desorden de personalidad relacionado con problemas no tratados de autoestima, algo que los psiquiatras llaman dismorfia corporal. En términos de diagnóstico es una adicción, pero también podríamos definirlo como una forma compleja de hipocondría. Gradualmente se ha hecho dependiente del quirófano. Y se está haciendo daño. Lo que ella necesita es ayuda especializada. ¿Contentos?

—¿Está usted afirmando que la diva padece algún trastorno mental?

—¿Se le perdió un tornillo?

—Sólo digo que tiene que consultar a un psiquiatra, no a un cirujano plástico. Eso es todo. Ahora lárguense de aquí por favor.

El cirujano aprovecha el fugaz instante de estupor y se desliza entre los cuerpos aprovechando márgenes milimétricos. Ya en el interior del consultorio, encuentra a su recepcionista en pleno ataque de pánico. La pobre mujer no se atreve a abrir las gavetas por temor a encontrar un reportero.

Como una sombra

El paparazzi Efraín Torrado calcula las posibilidades de freír un huevo sobre el cofre de su Nissan, aparcado en doble fila sobre la sinuosa calle Niebla, en Pedregal de San Ángel, mientras vigila los muros de roca volcánica que ocultan la residencia Monroy. Luego toma el último número de *Farándula* y lee uno de los anuncios publicados en los forros.

Don Chema Tahui

Brujo y curandero de nacimiento, tatamandón espiritista. Soy auténtico indio de la sierra con el conocimiento indígena.

Amarro, atraigo, someto y entrego. No más humillaciones, no más sufrimiento, no más llanto. Lo que yo ato, ningún brujo lo desata.

Resultados inmediatos. Trabajo personal o a distancia sólo con el nombre

Curo enfermedades naturales y desconocidas. Desbarato brujería, hechicería, salamiento, retiro el mal de ojo, el mal puesto, te hago ver la cara del enemigo y te digo el nombre. VER PARA CREER, SI NO VE NO CREA. Purifico malas vibras, retiro envidiosos, arreglo negocios salados, empresas, casas, terrenos, carros. Investigo tesoros y saco entierros.

POSEO LAS HERRAMIENTAS

Efraín Torrado se las ingenia para administrar los tiempos muertos. Es un experto con los nervios bien calibrados a treinta y ocho grados centígrados dentro del auto. La espera, los problemas de estacionamiento y las altas temperaturas no son más que efectos colaterales. Las verdaderas inclemencias del oficio suelen ocurrir una vez que se consigue el objetivo. La ascendente trayectoria del paparazzi le ha permitido descubrir la sorprendente creatividad que las figuras del espectáculo desarrollan para expresar sus fobias a la prensa especializada. Recibir en la cabeza una sopa de almejas recién servida, ser arrojado de un yate en alta mar o evadir por milagro el ataque de una jauría de furiosos Pitbull han resultado experiencias invaluables. Sólo una persona con ese peculiar *know how*, entiende que la mordida de una conductora de matutinos es más peligrosa y dolorosa que la de un perro de pelea. En 2009, un escolta drogado de Paris Hilton intentó violarlo durante el Fashion Week México. Torrado es un sobreviviente, un guerrero con telefoto Canon del tamaño de una bazuca, un hombre dedicado a captar imágenes de celebridades en actos bochornosos que saciarán, por un instante, el morbo y la envidia y la soledad de millones de personas. Fue Torrado, nadie más, quien pilló a los ministros de economía de Rusia, Brasil y Japón, acompañados de tres hermosas prostitutas en el *jacuzzi* de una finca vacacional en Punta Diamante. El paparazzi aún se evoca a sí mismo, sujeto con arneses en lo alto de un risco. La brisa marina revitalizaba su espíritu. El conflicto diplomático que se desataría significó para Torrado su contrato con *Farándula*. Apenas a las tres semanas de trabajar para el semanario, Torrado arruinó la carrera de Fito, "el amigo de todos los niños", el dueño absoluto de los domingos por la mañana. Para lograrlo, extorsionó a la policía municipal de Valle de Bravo y saltó una barda de cuatro metros rematada con alambres electrificados. Fito había contratado un servicio de musculosos estrípers para amenizar su fiesta de cumpleaños. Gorros, serpentinas, pasteles y sexo oral. La publicación de esas fotos catapultó el prestigio de Torrado. A Fito le costó su barra de programas infantiles.

Desde su salida de la clínica en Houston, ningún reportero ha logrado acercarse a la Monroy. Un equipo de escoltas contratados por ZT Récords, disquera filial de Telemanía, mantiene asegurada el área con vallas. La calle Niebla ha sido invadida por fanáticos que cantan "Mis pecados", rezan, exhiben fotografías enormes y luego las colocan en altares cubiertos de flores, implorando por el retorno milagroso de su diva. Desde la aurora, centenares de fanáticos demuestran su cariño y solidaridad, incrementando el caos vial de las inmediaciones. Te queremos, Tania.

Pero dejemos que los fotógrafos comunes, plebeyos sin imaginación, registren las instantáneas de fanatismo exultante. Cada movimiento de Torrado obedece a un plan cuidadosamente preparado. Es un profesional de élite entrenado para operaciones especiales. Sólo aquel que sea capaz de sostenerse sobre la hoja de un árbol obtendrá la escena infamante. Sólo aquel que camine oculto como una sombra, llegará al momento bochornoso.

Una camioneta plateada aparece abriéndose paso entre los vehículos de la prensa. Detrás viene una larga comitiva de guardaespaldas, agentes, publicistas, asesores financieros, ejecutivos de ZT Récords y de Telemanía. La diva es, en sí misma, un conflicto de intereses. Su salud es un tema que impacta en la bolsa de valores. Los portones de la residencia se abren lentamente. Los reporteros presionan para entrar. Inevitables forcejeos, insultos, empujones. Los escoltas de Tania no son precisamente monjes tibetanos. Torrado permanece en su auto. Unos huevos imaginarios se fríen a fuego lento sobre la cajuela del Nissan.

Medicina estética

Hilos rusos, lipotransferencia, aumento de glúteo sin cirugía, corrección nasal sin cirugía, mesoterapia, lipoenzimas, lipodisolución, hieloterapia, *face up*, *peelings*, rejuvenecimiento facial, *mesolifting*, bioplastia (implante para aumento de labios, mentón y pómulos), eliminación de lunares, verrugas y mezquinos. Delineado permanente (cejas, párpados y labios por $2500).

Contamos con depilación láser, pregunta por nuestros precios de oferta.

Minutos después un sedán verde Cairo se aproxima a las vallas. Es el equipo médico que envía la aseguradora para efectuar la revisión médica de la Monroy. Torrado lo sabe porque Susana Colmenares mantiene realmente las cosas bajo control, y en efecto, los reporteros de *Farándula* están por todas partes. Torrado agita los hombros como un atleta a punto de competir, sale del auto y su instinto de depredador entra en fase de alerta. El paparazzi se mueve ignorado como una sombra. Es nadie. Es una sombra que se filtra entre las vallas con su bazuca telefoto, deslizándose sobre los muros de piedra volcánica, los árboles, los postes de alumbrado, el regulador de alta tensión, sorteando los obstáculos con puro control mental.

Al tomar la posición elegida, la visión es fascinante. El jardín trasero de la Monroy es una reserva privada de la biósfera. Encadenado a un cedro libanés, un majestuoso tigre albino se alimenta de pastrami. Guacamayas, periquillos y tucanes revolotean en un aviario monumental, y en las copas de las jacarandas retozan monitos capuchinos. Al fondo, justo en el punto de fuga, se distingue el balcón de la diva con las cortinas abiertas, tal y como previeron los informes. Ahí se encuentra el objetivo. El telefoto bazuca se activa en el instante preciso: una enfermera retira los vendajes. Torrado gira la lente, buscando el enfoque adecuado. La imagen en su monitor lo sorprende.

El de Tania no es ese modélico rostro de Guasón que adquieren los pacientes cuando se exceden con los restiramientos y el bótox: labios de pez, piel tensa sobre pómulos brillosos, esa familiar monstruosidad sin señas particulares que consiguen quienes entienden la belleza como una cuestión de dinero y elasticidad, el extraño fenómeno que hace que Mickey Rourke, Lyn May y la vecina de enfrente se asemejen como parientes cercanos de otro planeta. Las facciones de Tania siguen siendo delicadas y armónicas, salvo por un detalle en el centro de la cara: falta la nariz.

LA NEURONA JENNIFER LÓPEZ

Las oficinas de Farándula S.A. ocupan un edificio de seis pisos sobre Río Mixcoac. Mac Cervantes nunca llega antes de mediodía. Estaciona su Mini Cooper en el subterráneo, sube por el elevador de ejecutivos y llega a un acceso exclusivo que lo conduce a su despacho por una puerta trasera. El director no suele mezclarse con el personal. Los engranajes funcionan perfectamente sin su intervención. Incluso para su propia telefonista y su secretaria, Mac es casi un extraño. Vibra el celular.
—Susi.
—Hola, Mac, ¿estás ocupado?
Según Susana Colmenares, las personas tienden a subestimar la utilidad de la hipocresía, inmejorable lubricante de las interacciones cotidianas. Aunque las oficinas de redacción se encuentran a unos pasos de la Dirección, Colmenares y Cervantes no se encuentran personalmente más de dos o tres veces por semana. Ella acostumbra llegar a la sede de *Farándula* antes de las ocho a.m., trabaja sin parar hasta después de las tres, y luego orde-

na comida a domicilio, la cual despacha apresuradamente sobre una mesa de trabajo. A veces se retira hasta pasadas las once de la noche.

–Tengo un par de minutos.

–Conseguimos la declaración del cirujano. Dice que Tania está loca de atar.

–Eso no es precisamente una novedad.

–También tenemos las fotos de Monroy después de la operación.

–Pónganlas en portada.

–¿No vas a verlas primero?

–Susi, que las coloquen en portada y me envías la maqueta por correo. ¿Qué más tenemos?

Colmenares procesa velozmente los diversos factores que acaban de pasar por su cabeza: la Monroy representa un negocio prioritario de la cadena, fueron ejecutivos de Telemanía quienes ordenaron cercar el perímetro para impedir el paso de la prensa en el Pedregal (son escrupulosos cuando se trata de ocultar algo); si no han ordenado vetar el tema de la nariz en todas las filiales es por que olvidaron que Torrado es un psicópata capaz de trepar por un regulador de alta tensión; los ejecutivos creen que controlan la información y, como de costumbre, están equivocados; hoy es martes, noche de cierre, la maqueta aprobada se envía de inmediato a las imprentas, y si Cervantes no la revisa antes (y jamás lo hace), la bomba podría estallarle en la cara, lo cual suena interesante. La jefa de redacción desprecia a Mac Cervantes. Aborrece la indolencia, el cínico tono entre autoritario y afable del directivo que no entiende un carajo de lo que pasa, pero sobre todo, Susana detesta la apócope. Odia que la llamen "Susi". Ella, por cierto, es de las pocas personas que conocen el verdadero nombre de Mac: Macario. En los desprecios de Colmenares yace también un trasfondo aspiracional: pretende el puesto de Cervantes. Desea con toda el alma redecorar la oficina de la Dirección. Licenciada en periodismo por la Escuela Rafael Septién, ha dedicado su trayectoria profesional a la fuente de espectáculos. Hace una década que trabaja para *Farándula*. El ascenso por el escalafón ha sido tortuoso. Cuando vuelve a casa revisa las notas que se quedaron sueltas. Sus actuales compañías son un dildo vibratorio azul, marca Funsplash, fabricado en Hong Kong, y un gato gris y gordo que la observa con atención.

—Bueno, un laboratorio de neurología en Berkeley clasificó una neurona con el nombre de Jennifer López.

—Una neurona.

—Sí. Parece que a ciertos pacientes con epilepsia se les activa un tipo particular de neurona cuando ven fotos de Lo.

—Otro nivel de periodismo, carajo.

—Tomaré eso como un sarcasmo.

—Adiós, Susi.

—Adiós, Mac.

Es un día común. Colmenares y su equipo se afanan neuróticamente en el tema Monroy. Farándula S.A., empresa filial de Corporativo Telemanía, es una institución a la vanguardia desde finales de los años ochenta, cuando

México aún se organizaba como un gran monolito católico, nacionalista y revolucionario, transmitido por Canal 2. La sección de espectáculos era todavía ese mundo idílico en donde la vida permanece tersa. Las estrellas del firmamento nos mostraban su casa, muy linda, gracias a Dios, hablaban de lo hermoso que es tener una carrera consolidada después de tantos años de esfuerzo y sacrificios, gracias a Dios, de su bella familia, gracias a Dios, de lo agradecidas que estaban con la televisora y con su público, gracias a Dios. Era un país tremendamente aburrido. Escribir sobre las zonas púdicas en la vida de las celebridades, sus trifulcas conyugales, adulterios, visitas a juzgados, hospitales y comandancias de policía, las sobredosis de sus hijos y las hipotecas vencidas, era tan inusual como escribir sobre desvíos de fondos públicos en dependencias de gobierno.

Farándula fue el primer medio impreso en publicar que dos conocidos actores se divorcian, que ella exige una pensión millonaria y que él se niega a entregar un centavo argumentando que su esposa es una zorra malnacida. La portada mostraba la imagen de una mujer demacrada bajo un enorme titular de letras amarillas sobre fondo negro:

¡Zorra malnacida!

Aquellos eran los primeros signos de una sociedad liberal, competitiva, moderna. *Farándula* trabaja con la envidia de las personas, la soledad, la frustración y sentimientos aún más patéticos, y lo hace con un dinamismo extraordinario.

En lo que se refiere al decorado actual de la Dirección, habría que darle la razón a Colmenares: retocadas fotografías de lirios japoneses sobre paredes fucsia, suelos de azulejo negro, sofás forrados con alguna sintética imitación de piel de cebra y, al fondo, un escritorio con superficie de vidrio templado sobre bases de piedra en forma de columnas dóricas. Detrás del escritorio hay un minirrefrigerador y un archivero negro. Mac Cervantes abre ese archivero, coge el sobre manila que le entregó Pérez, extrae las fotografías y las coloca una por una en hilera horizontal, formando una probable secuencia cronológica sobre la superficie de vidrio templado. Las mira. Ayer hizo exactamente lo mismo, desde su regreso del deshuesadero hasta las dos de la tarde.

Archivadas como fotogramas, ocultas al mundo, las imágenes no son más que documentos, registros de sexo explícito, en todo caso una anécdota, un indicio. Al ser colocadas sobre el pretencioso escritorio de un tipo como Mac Cervantes, se le agregan significados: explotación infantil, sexo *gay*, fraudes millonarios, lavado de dinero, drogadicción, aborto y música pop. Tales significados producen plusvalía. El valor de esas imágenes podría inflarse como una burbuja, hasta explotar y desaparecer. Tras la explosión queda un zumbido y una fugaz sensación colectiva de vacío. Las imágenes serán sepultadas bajo un alud de imágenes posteriores.

Por ahora los fotogramas sólo expresan interrogantes

que saturan la mentalidad paranoide de Mac Cervantes. ¿Se trata de un recurso publicitario? ¿Son el resultado de un chantaje fallido? ¿Un secuestro? ¿Acaso es el momento adecuado para publicar el debut pornográfico de una estrella juvenil del pop? ¿En dónde está Marieta? ¿Es conveniente recurrir a los contactos privilegiados?

Aunque allá afuera la recepcionista se barniza las uñas, Cervantes prefiere marcar personalmente a la Cuquis Espíndola, vieja urraca millonaria, la consentida de los *socialité* porque siempre encuentra el modo de que sus incontables arrugas aparezcan en cada número de la revista *Caras*.

—Un sultán petrolero compró a esta señorita en Dubái. Pagó trescientos camellos. Cifra récord, ¿eh?

Después llama a Gonzalo Mutt, conductor de *Radio show internacional* y adepto a la cienciología.

—Sus padres la tienen oculta en una casa de seguridad en Mexicali. Planean huir a las Islas Caimán.

Y a Gabriela Goodyear, conductora de *Impacto letal*.

—¿Acaso no lo sabes? Marieta sigue rehabilitándose. Está internada en la Clínica Mayo. Estuve ahí el año pasado, consigues el mejor éxtasis del mundo.

Y finalmente, en un descuido, marca el número de Rafaela Karat, momia parlanchina que sabe lo suyo, socia de la cadena NOS de Miami.

—Marieta huyó finalmente con el productor Del Prado, ingresaron a una secta y viven su amor prohibido en Brasil. ¿Por qué tanto interés, Mac? Me acaba de llamar la Cuquis y dice que estás desesperado por obtener información. Querido, si tienes algún dato interesante, compartamos. Podríamos trabajar juntos en esto...

Cervantes llega entonces a dos conclusiones: la primera, que nadie tiene la más peregrina idea sobre el paradero de la cantante; la segunda, que ya habló demasiado. La exclusiva puede tambalearse a causa de un momento de torpeza. Sería más bien estúpido llamar a las filiales de *Farándula* en Los Ángeles y Madrid. Aún queda un recurso que Mac sólo emplea en casos de genuina emergencia: telefonear al *Bello* Roque.

Un tabloide sin escrúpulos

En ocasiones como esta, Mac Cervantes recuerda de golpe que no tiene vocación para el periodismo, que tal vez lo suyo era la decoración de interiores. Pero a finales de los noventa, el joven Macario no se interesaba en tales cuestiones cuando cursaba la licenciatura de administración de empresas en un centro comercial de Buenavista. La institución, que anunciaba sus promociones en los vagones del metro, quebró antes de que el ilusionado muchacho pudiera matricularse. Y seamos francos, si la empresa que te enseñó a administrar empresas se declara en quiebra, algo en tu vida anda muy mal. Dadas las circunstancias, obtener un empleo de mensajero en el *Novedades* fue un golpe de suerte. Lo ascendieron en dos meses a redactor porque alguien notó que Cervantes era el único elemento de la oficina con una sintaxis aceptable. Poco después obtuvo una plaza como reportero. Así fue como conoció al *Bello* Roque.

Solían acudir juntos al aeropuerto para acosar celebridades extranjeras. Roque trabajaba para el *Excélsior*.

Nadie sabe exactamente cómo consiguió el dinero, pero un día adquirió, a precio de remate, la concesión para imprimir y distribuir *Fenómeno*, la filial mexicana de un corporativo trasnacional cuya distribución se extiende desde Alaska hasta Argentina, y el año pasado incursionó en los mercados asiáticos. Todos cabemos en *Fenómeno*: la anciana nepalesa de ciento treinta años, el marroquí que mide cuarenta centímetros y se casó en España con una estrella del básquetbol femenil, el caso extremo de obesidad mórbida (el tipo ya no puede abandonar su cama reforzada con acero y se muestra sonriente posando para los fotógrafos, alimentándose con cacahuates y coleccionando estampillas que adquiere por internet), el chico de Phoenix que fue abducido por extraterrestres y volvió a casa sin un riñón, el orangután que regentea un bar en Kentucky, la vieja pensionada que mantiene doscientos gatos en su apartamento de barrio obrero en Dublín, los niños anfibios de la costa chica de Guerrero, los feligreses que se desangran por la cabeza para venerar a su profeta en medio oriente, el chino que se mete serpientes de río por la nariz y luego las saca por la boca, la mujer con escamas de Kenia, aquellos que salieron de un coma profundo y vieron la luz al final del túnel, los gemelos psíquicos de Bulgaria, que doblan cucharas con la mente…

Roque invirtió las ganancias de *Fenómeno* en publicar su propio pasquín de chismorreo independiente: el *Calumnia*, un tabloide cuyo eslógan, "periodismo sin escrúpulos", se refiere a un modelo de negocios basado en el cinismo. Si *Farándula* ha actuado como juez y parte en el colapso emocional y financiero de incontables celebridades, lidiando con un promedio de tres demandas mensuales por difamación o daño moral, al menos sus experimentados reporteros suelen probar lo que afirman. Los abogados del *Calumnia*, en cambio, han elevado la infamia a una especialización con derecho a fianza. Por ejemplo, si los titulares fosforescentes afirman:

¡Fue infiel!

En interiores no se encuentra ni una foto borrosa, ni una declaración de los involucrados, ninguna evidencia más allá de la supuesta fuente anónima.

¡Videos eróticos de Samanta Gold!

Eso es lo que revela en sus declaraciones un supuesto cantinero de Monterrey, quien se ostenta como poseedor de esos videos, asegura que los grabó mientras se desempeñaba como el amante secreto de Samanta, y afirma que los dará a conocer en el momento adecuado. Lo más probable es que ese cantinero no exista.

¡Estoy harto de oportunistas!

Es lo que declaró Eder López Cruz, compositor de baladas. El Bello contrata actores aficionados para que se hagan pasar públicamente como hijos olvidados de López Cruz. Las dudas causadas por su disipada vida sexual, obligan al artista a realizarse frecuentes análisis de ADN. Todos han salido negativos.

¡La Monroy es una bruja histérica!

No se puede mentir siempre: Tania sí es una bruja histérica detrás de las cámaras. Esa vez lo mencionó un ex representante de la diva. El Bello pasaba por ahí. El *Bello* Roque es un emprendedor y *Calumnia* es su desafío personal. Trabaja sin reporteros y con imaginación fecunda. Inventar hechos y declaraciones no es cuestión de ética, sino de lirismo. Por otro lado, el Bello suele poseer información privilegiada, absolutamente cierta, que jamás pública.

–Qué milagro, Mac.

–Me gusta hacer milagros. Soy un santo.

–Eres un santísimo cabrón. No he sabido nada de ti desde los premios Lo Nuestro.

–Lo de siempre, Bello, trabajando. Tú mejor que nadie sabes lo que significa sostener un medio de comunicación sobre la espalda. Esta oficina es mi templo.

–Oye, Mac, ¿no ibas a hacer un programa de televisión?

–Aún estamos en pláticas.

En realidad eso está detenido. Las cámaras no odian a Mac Cervantes, sencillamente lo ignoran. No hay un solo productor en la cadena que considere a Mac apto para la pantalla de vidrio. Mancera lo intentó alguna vez, colocándolo junto a algún símbolo sexual, pero fue como ver una teibolera con un muñeco de ventrílocuo extragrande.

—Tienes madera de estrella, Mac.

—Eso dicen, pero no te llamé para hablar de mis proyectos.

—¿Qué se te ofrece, mi hermano?

—Roque, ¿recuerdas a Marieta, la cantante pop?

—Cómo olvidar a esa loquilla.

—¿Sabes dónde está?

—No. Y si yo no lo sé, tú sabes que nadie más lo sabe.

—¿Crees que puedas averiguar algo?

—Es posible, pero será costoso. Hay que tocar demasiadas puertas, ¿me entiendes?

—Sólo dime cuánto necesitas.

—Espera, Mac, me estás confundiendo con otro. Yo no vendo información. Me conoces. Yo soy un bohemio, un hombre chapado a la antigua. Prefiero proponerte un intercambio de favores.

La paranoia de Cervantes registra un incremento de dos puntos porcentuales.

—Lo que necesites… ya sabes…

—Quiero una entrada para los Hispano Awards… No, espera, dos entradas.

—Roque, la entrega de los Hispano es en menos de una semana, y estas cosas, créeme, no se solucionan en Ticketmaster. Los asientos se asignan con un año de anticipación.

Eso es una exageración.

—Mac, yo sé que tú puedes hacerlo. Tú siempre vas a los Hispano.

Eso es cierto.

—No me chingues, Bello, pídeme cualquier otra cosa.

¿Qué tal una cena con Salma Hayek? Tú adoras a Salma Hayek. Sólo con un par de llamadas...

—Salma puede esperar. ¿Sabes que Lucía Palmer está nominada para revelación del año? No me puedo perder eso. Es lo que más deseo en esta vida. Me entiendes, ¿verdad?

—Roque, Lucía Palmer no ha hecho más que untarse aceite de coche en comerciales de llantas.

—Y un disco de reguetón. Lo mío es el reguetón.

—No estaba enterado.

—Bueno, siendo así, localizar a Marieta va a ser más difícil de lo que pensábamos.

Cervantes imagina por un instante a Roque caminando por la alfombra roja. Al Bello lo apodaron así los periodistas de la fuente, debido al hábito de pasarse un peine de bolsillo por el cabello ralo y siempre engomado. No hay otra razón para el apelativo. Se le reconoce en el medio por sus métodos para obtener información difícil a través de vías subterráneas. Todos los medios de espectáculos lo contactan alguna vez, pero el vínculo suena políticamente incorrecto. De hecho, su nombre está anotado en la lista negra de la Asociación Hispana de Productores. Tomarse la foto junto al Bello no es algo que se haga por gusto. Sin embargo, cualquier información estará a resguardo con él. Al *Bello* Roque lo tienen sin cuidado las exclusivas veraces.

—Bien, haré todo lo que esté en mis manos para conseguirte un asiento en los Hispano.

—Esa no es una buena actitud, Mac.

—Tendrás un asiento en los Hispano.

—Dos.

—Dos.

—Me cae que sí eres un santo, cabrón.

—Busca a Marieta, Roque.

—Nos vemos en Los Ángeles, mi hermano.

—Adiós, Roque.

En fin, ha sido una jornada de alta presión. Y en estos casos, piensa Mac, lo más recomendable es despejar la mente, relajar los músculos, buscar tal vez un poco de esparcimiento, algo para distraerse. Será mejor recoger las fotos del escritorio, regresarlas al sobre manila, colocar el sobre en el archivero y después marcar un número desde el celular.

—Hola, Mac.

—Hola, Franqui. ¿Puedes darte una vuelta por mi casa con una de tus amiguitas?

—¿Ahora?

—En unas dos horas, el tiempo que tardo en salir de aquí sin dejar rastros.

—¿Alguna petición en particular?

—Franqui, no imaginas el día que he tenido. Estoy demasiado cansado para pensar. Sugiéreme algo interesante.

—Bueno, nos acaba de llegar vestuario de temática espacial...

—¿Extraterrestres?

—No. Astronautas.

—Suena bien.

—También tengo un telescopio...

—No exageremos.

—Tú eres el cliente, Mac.

Minutos después, el Mini Cooper abandona los subterráneos de Santa Fe y enfila sobre Periférico hacia el pintoresco barrio de Tizapán, en San Ángel. Al llegar a su domicilio, Cervantes oprime el botón de su control remoto y el portón eléctrico se desliza hacia arriba. Ya en la comodidad del hogar, descorcha una botella de tempranillo, se sirve una copa y la bebe a sorbos mientras prepara con esmero una ensalada de lechuga, espinaca y albahaca con aderezo de ajonjolí y pedacitos de berenjena. Vibra el celular.

—Susi.

—Acabamos de cerrar la edición. Te envié un correo con la maqueta para que la revises.

—Estoy al pendiente, ¿alguna novedad?

Colmenares sabe perfectamente que el jefe Mac no se encuentra en la oficina.

—Tenemos un reportaje especial sobre la vida de Amelia Lira.

—Una leyenda viviente del cine mexicano, sin duda.

—Pues ahora está en la miseria, padece esclerosis múltiple y el banco le quiere embargar la casa, que por cierto se cae a pedazos sobre tu leyenda viviente. La anciana ya no tiene luz eléctrica, ni gas, y sus nueve Arieles se los vendió a un anticuario para poder comer. Total, tiene un pie en el asilo del sindicato de actores.

—Oye, esta Amelia Lira, ¿no tiene dos hijos con Edgar Orihuela, el director de cine?

—Al parecer ellos fueron los que propiciaron su ruina. La ancianita usa lo que le queda de memoria para maldecirlos, no los baja de bastardos, ingratos, ladrones, zánganos, parásitos, cuervos malnacidos...

—Pobrecilla.

—Se nota que la adoras.

Susana Colmenares es una eminencia de la violencia verbal. En *Farándula*, la nota será encabezada así:

AMELIA LIRA: ¡VIVE EN LA MISERIA!

—Adiós, Susi.

—Adiós, Mac.

El periodista cena con calma su ensalada, mientras su destino se escribe en la redacción de Farándula S.A. con tipografía Impact extra bold condensed. Pero no malinterpretemos a Mac Cervantes. Él tiene ambiciones, la cuestión es que planea satisfacerlas manteniéndose alejado de las vulgaridades. Suena el interfono.

—¿Quién es?

—Hola, Mac, soy Franqui.

El periodista oprime un botón. Se escucha un zumbido y el ruido metálico de una cerradura. Después aparece en la puerta un enano vestido de negro, con camisa de cuello tipo Mao, zapatos bostonianos y una maleta con rueditas, sosteniendo bajo el brazo algo parecido a un casco de astronauta. A su lado está una joven morena en posición de firmes, llena de curvas, de cabello lacio muy largo, con un vestido dorado de Terlenka, corto a la mitad de los muslos morenos, botas doradas de plataforma y labios también dorados: un típico personaje de ciencia ficción porno. El periodista calcula mentalmente el costo de aquellos implantes de seno.

—Hola, Mac —saluda el enano—, ella es Lupe. Lupe, él es mi amigo Mac.

El periodista muestra una sonrisa mustia.

—Mucho gusto. Lupe.

Lupe extiende la punta de sus dedos. Uñas doradas. Entran. La mujer finge interés en el mobiliario. El enano escala hábilmente el sofá de la sala, sin soltar el casco y la maleta.

—¿Qué nos cuenta el mundo del espectáculo, Mac? —pregunta, moviendo las nalgas para acomodarlas en el cojín. El periodista suspira.

—Oye, Franqui, estoy cansado, ¿te parece bien si vamos a la recámara de una vez?

—Como gustes, Mac, tú eres el cliente.

Franqui desciende del sofá y enfila hacia la recámara. Lupe lo sigue. El periodista va a la cocina, recoge los platos y los coloca en el fregadero, se sirve otra copa de vino, bebe un par de tragos y poco después se dirige a la habitación. Cuando entra, Lupe ya está tendida sobre la cama, desnuda, excepto por las botas. El enano está de pie a un costado de la cama, vestido con un disfraz de astronauta a la medida.

—Cada día eres más creativo, mi Franqui.

—Sólo soy un apasionado de los detalles —explica complacido el pequeño explorador de planetas.

Mac Cervantes se desnuda, se deja caer en la cama, se coloca un condón y, torpe, apresuradamente, penetra a Lupe mientras Franqui emite sonidos electrizantes, balanceándose hasta conseguir un chusco efecto de gravedad cero.

Más o menos al mismo tiempo, la redacción de *Farándula* autoriza la entrada del último número a las imprentas. Por la madrugada saldrá a las calles un tiraje de tres millones de ejemplares.

CUESTIÓN DE ENTUSIASMO

–Comunícame con Ortigoza –ordena la diva con una voz que parece provenir de las catacumbas. Desde que salió del quirófano, su tono se ha vuelto grave y ronco. Tania permanece en cama como si la hubieran desahuciado, aunque está peinada como exótica madrina de carnaval. Sus manos estrujan sin piedad el último número de *Farándula*. Pepe Ortigoza es vicepresidente de Publicaciones de Telemanía. Un sujeto poderoso. La asistente Berta presiente que su vida cuelga de una lámpara con falso contacto. Maldice en voz baja la escrupulosa organización de la residencia Monroy (los miércoles, por rutina, el frugal desayuno de la diva se sirve con un ejemplar de *Farándula* a un lado). Cada día parece más posible que los exabruptos de Tania acaben con su empleo, y con el de la maquillista, el cocinero, la mucama, el chofer, los escoltas, el traficante de especies en peligro de extinción y decenas de familias cuya subsistencia depende directamente de la permanencia de *Sábado especial*.

Berta Domínguez obtuvo un título de economista

por el ITAM a finales de los noventa, en pleno ascenso de la globalización. Algunos de sus compañeros de generación son ya grises eminencias que planean crisis financieras en extensas regiones del país. Cualquiera de ellos opinaría que su coetánea está sobrecalificada para ser la asistente de una vedete sociópata. Berta considera la cuestión desde otro ángulo. Satisfacer los berrinches de la Diva de México exige una combinación de capacidades y especializaciones inalcanzables para un CEO del Banco Mundial. ¿Acaso un funcionario de la Troika sabría cómo desinfectar la piel de un papión sagrado, conseguir orquídeas salvajes a las tres de la mañana o coordinar el desalojo de un teatro lleno con equipos antimotines privados?

En la agenda del equipo Monroy existen cinco asuntos delicados, cuestiones cuya aritmética debe tratarse con absoluta discreción: los desnudos (tres), los divorcios (cuatro), los líos fiscales (incontables), los cumpleaños (cincuenta y cuatro), su hijo único (se llama Jorge, tiene veinte años y prefirió mudarse a Los Ángeles con su padre –un ejecutivo de Sony– al notar que su madre se transformaba en una criatura maligna), y las cirugías (veintiuna). Este último tema resulta particularmente delicado. Berta se lo advierte de antemano a cualquiera que pretenda entrevistar a la diva. Si de improviso alguien rebasa la línea de seguridad y menciona alguna de estas cuestiones, Tania responderá mecánicamente: "Todo aquí es maravilloso, mi vida", lo cual significa que se terminó la entrevista. Si el reportero insiste, la diva puede actuar de un modo peculiarmente odioso. Había un agente de prensa que se hacía cargo de los asuntos delicados, pero se suicidó el año pasado.

Berta toma el celular, marca el número personal de Ortigoza y se resigna ante la inminencia del cataclismo. El vicepresidente de Publicaciones de Telemanía la hace esperar en la línea, exactamente cuatro minutos y medio. Conoce perfectamente el motivo de la llamada. Tiene enfrente un ejemplar de *Farándula*. Sería imposible ignorar el titular con letras fosforescentes de ochenta puntos:

LA MONROY... ¡ES UNA DESQUICIADA!
ESCANDALOSAS DECLARACIONES DE SU CIRUJANO PLÁSTICO

Y abajo a la derecha, la imagen capturada por Efraín Torrado: el perfil del rostro de Tania y su perturbadora protuberancia cartilaginosa. El paparazzi, hay que admitirlo, es un maestro de los tiros largos.

—Tania querida, estamos consternados...

—Ay, Pepe, conmigo no te queda el papel de compungido. Te estoy hablando por lo que sacaron en *Farándula*. ¿Te parece justo?

Por teléfono, la voz de la diva suena como si la hubieran distorsionado con el efecto que usan los secuestradores para evitar que los identifiquen.

—No sabes cómo aprecio tu sinceridad. Déjame decirte que ya tomamos decisiones sobre esta cuestión. Hablamos con la gente de *Farándula*. Les dijimos que en estos casos es importante redirigir la información, ¿sabes? De entrada no vuelven a publicar una fotografía tuya sin que lo autorices. ¿Qué te parece?

Ortigoza está improvisando.

—¡Se metieron a la casa!

—No exageremos, sólo fue hasta la barda.

—¡Me llamaron desquiciada! ¡Que no mamen, esas son chingaderas!

—Digamos que eso fue sólo una declaración desafortunada. Nada que no se solucione con un adecuado control de daños.

—Me vale una chingada tu control de daños. Lo que es imperdonable es que esta gentuza haya trucado la foto.

—¿Cómo?

—Pepe, no me chingues, yo no soy así.

—Bueno…

La imagen de la portada es nítida. Ortigoza no duda de su autenticidad. Torrado es uno de los fichajes estelares de la Vicepresidencia de Publicaciones. Es un bicharajo insignificante, pero jamás ha necesitado Photoshop para fastidiar prestigios. Es un hecho consumado: Tania perdió su nariz.

—Escúchame bien, Pepe Ortigoza. Soy una mujer de carácter, no permito que nadie manche mi dignidad.

—Me queda clarísimo. Ahora dime qué quieres.

—Si no despides a ese perro desgraciado de Mac Cervantes, te vas a acordar de mí.

—Es gracioso, ¿me estás amenazando?

—Sólo digo que no descansaré hasta ver a ese pseudoperiodista hundido en el lodo de la ignominia.

Conforme aumenta su neurastenia, hay que admitirlo, la diva se inspira.

—Tania, con mucho gusto puedo seguir escuchando tus improperios el resto de la mañana, ya sabes, por mí encantado. Lo que no podemos hacer, ni tú ni yo, es quitar a un director general del organigrama. Es mi deber informarte que *Farándula*, como asunto corporativo, le compete exclusivamente al Consejo de Administración.

Eso es falso. Los vicepresidentes de Telemanía son omnipotentes sobre su nómina. Ortigoza tiene las atribuciones para chasquear los dedos y borrar del mapa a Mac Cervantes, pero considera inadecuado que una cabaretera oportunista le explique cómo administrar el área de Publicaciones de un gigante trasnacional.

—Mira, Pepe, si tú no puedes resolver esto, voy a hablar directamente con Basilio.

Tania blofea. Basilio Conrado, presidente de Corporativo Telemanía, señor del tiempo aire y sus satélites, vigésimo cuarto lugar de la lista Forbes mundial, sólo responde llamadas de sus artistas exclusivos cuando él las ordena, o en diciembre, cuando la cadena organiza colectas de caridad, se recaudan millones por publicidad filantrópica, se deducen impuestos a lo bruto y la gente del medio simula más generosidad y compasión que el resto del año.

—Muy bien, me parece genial de tu parte que pongas tus cartas sobre la mesa. Yo también seré franco contigo. En este momento el jefe está en su yate, pescando marlines en algún lugar del mar de Cortés. ¿Sabías que un marlín azul puede ejercer una resistencia equivalente a media tonelada de fuerza o nadar a más de cien kilómetros por hora? Yo creo que si ahorita molestamos a Basilio con este asunto, podríamos apostar a que uno de los dos saldrá de la empresa por la puerta trasera.

—¿Quién? ¿Tú?

—Eso depende del humor de los peces. Te propongo algo, platiquemos. Antes que nada tenemos que ver por tu salud. Vamos a encontrar al mejor médico del mundo, Tania. Esta empresa, tú lo sabes, está a tus pies. Una de nuestras premisas de liderazgo es que debemos cuidar los negocios como a uno mismo, porque al fin y al cabo son la misma cosa. Es una sinergia, ¿sí me explico?

—Chinga a tu madre, Pepe.

Ortigoza posee cierta elocuencia jovial propia de los altos ejecutivos que han enjuagado su mente con intensas dinámicas de optimismo grupal. Todo lo que intentaron enseñarle durante sus diplomados en el Tecnológico de Monterrey acabó reducido a una palabra: ánimo. La plusvalía es cuestión de entusiasmo. Si no ganas es porque la voluntad no se ha expresado del modo adecuado. Ánimo. Ortigoza escaló hasta los altos mandos del corporativo después de fungir durante años como gerente general de Kramsa, la filial de electrodomésticos en abonos de Grupo Conrado. Tú puedes vender muchas lavadoras automáticas, sentirte bien y hacer que los demás se sientan bien, ascender con ímpetu hasta la cima de la montaña, puedes ser un líder, escribir las reglas del juego, conducir al rebaño. Las democracias ya eligen a sus presidentes con

puras dinámicas de optimismo. Sí podemos, ¿por qué no?
—Besos a tu familia, Tania.
La diva ya cortó, estremecida de rabia bajo un descomunal edredón de plumas de ganso. Impasible a su lado, Berta está pensando que, un día de estos, la cabeza de su jefa estallará como un huevo crudo en un horno de microondas.
—Comunícame con Larrazábal.
—Tania, ¿qué tiene que ver Larrazábal con esto?
—¡Llama a Larrazábal, con una chingada!
La asistente no está formalmente autorizada a externar opiniones sobre asuntos delicados. Lo que Berta necesita son unas vacaciones. Le urgen. Mientras tanto toma el celular y marca al despacho de Larrazábal & Asociados. El abogado contesta la llamada mientras manipula nerviosamente unas bolitas magnéticas.
—Señora Monroy, no sabe qué gusto me da oírla, estamos preocupadísimos por usted.
Eso es cierto. La cuenta Monroy representa treinta por ciento de los ingresos de la firma. Tania dedica más tiempo al despacho legal que a tratamientos de belleza. En los últimos tres años la diva ha interpuesto demandas a su representante (por abuso de confianza), a un imitador travesti (por plagio), a una veintena de medios de comunicación a lo largo y ancho de América Latina (por difamación) y a tres de sus cuatro ex maridos (por el mero afán de desplumarlos). En el área defensiva, el despacho representa a Tania en litigios promovidos por un ex jefe de escolta (por maltrato), dos ex mucamas

(por pagos incumplidos), una operadora de teatros (por despojo), una compañía inmobiliaria (por fraude) y el Sistema de Administración Tributaria (por evasión).

—Licenciado, he sido víctima de una chingadera.

—No me diga.

Larrazábal se afloja el nudo de la corbata.

—De verdad no entiendo cómo puede haber en este mundo gente tan ingrata, tan infeliz... tan cabrona, licenciado.

—A ver, cuénteme.

—Es un terrible caso de difamación y daño moral. Una revista de quinta publicó unas fotos manoseadas para perjudicar mi imagen. El director de ese pasquín siempre me ha odiado, no sé por qué. Óigame bien licenciado: vamos a demandar.

A pesar de los matices cavernosos, esto último lo dijo Tania con el mismo tono que ha usado en el set para decir: "Hijo mío, soy tu madre". Sobreactuar es el distintivo de una diva. Cada contingencia en su existencia es motivo suficiente para una megaproducción emocional.

"Estas sí que son chingaderas", piensa el abogado, quien ya había elaborado una agenda en torno a la nariz de su clienta: demandar a la clínica de Houston a través de un despacho gringo, buscar un arreglo millonario en la antesala de un tribunal texano y que Dios bendiga al sistema judicial americano. Lo que ahora propone la diva es, en cambio, enfrentar al aguerrido equipo legal de Telemanía, y a sus reporteros. Una insensatez. Al licenciado no le agradan los escándalos.

—Mi querida señora, en Larrazábal & Asociados somos partidarios de administrar los conflictos. Por ahora estamos analizando un posible arbitraje médico en el asunto de Houston...

—A mí me valen madre esa bola de ineptos. Yo lo que quiero es acabar con Mac Cervantes.

—Bien. Estamos a sus órdenes. Necesitaríamos un poco de tiempo, estudiar el caso, determinar qué cargos son imputables, en fin...

—¿Acaso está poniendo en duda lo que digo?

—De ninguna manera...

—Mire, licenciado, si usted no es tan hombrecito como para castigar este atropello, ya encontraré a alguien con bastantes güevos.

Es como arreglarse con Godzilla en un litigio por daños a terceros.

—Señora... parece que en este momento se encuentra usted un poco alterada...

—¡Alterada su chingada madre, licenciado!

Tania corta y luego busca con la mirada a su asistente, quien acaba de salir de la recámara, intentando llegar a la cocina para servirse un derecho.

—¡Berta! ¡Comunícame con el Cigüeñal!

Fantasías de cabaret

Todo ha sido maravilloso desde que Tania Monroy fue descalificada tras ganar por unanimidad el certamen Miss Tamaulipas 1979. Una tía suya se las había ingeniado para falsificar el acta de nacimiento. Alguien reveló que la flamante reina de belleza era menor de edad. Fue la única ocasión en que Tania se aumentó años (desde entonces se ha empeñado en reducirlos hasta lo inverosímil). Aquella victoria, aunque ilegítima, fue motivadora. Poco después, Tania celebraba sus dieciocho a bordo de un autobús Flecha Roja en Reynosa, con destino a Ciudad de México. Sus ilusiones se mantuvieron intactas los mil kilómetros de autopista. La pantalla grande la esperaba. Ciertos episodios de la historia nacional se habían acomodado para que eso sucediera.

Unos años antes, durante un desayuno en Los Pinos, el presidente Luis Echeverría regañaba personalmente a los productores de la industria fílmica. Basta ya, les dijo, de sexo, violencia y chistes vulgares. Recomendó a los magnates del celuloide que se retiraran a hacer "negocios de viudas". Enfático, declaró que el gobierno se encargaría de producir películas que cultivaran al pueblo, documentales sobre muralismo, historia patria y cosas así. Luego nombró a su hermano, que se llamaba Rodolfo, director del Banco de Fomento Cinematográfico. México es un país de contradicciones. Los mexicanos suponemos que eso nos hace más interesantes. Poco después de la diatriba presidencial, Rodolfo Echeverría autorizaba un desembolso de cuarenta millones para la producción de *Bellas de noche*. Financiados por el gobierno, los desnudos de Sasha Montenegro, los músculos de Jorge Rivero, los trastabilleos de Carmen Salinas y los ritmos de la Sonora Santanera congregaron multitudes en salas de todo el país. Iniciaban los tiempos del cine de ficheras. Mientras la mojigatería católica, el discurso oficial y los melodramas regulaban la vida pública, la cachondería rescataba a la industria: pobres diablos astutos y simpáticos, prostitutas de buen corazón, gordas alcahuetas, vividores del talón, señoras ricas andando por su casa en lencería y tacones, amanerados románticos, cornudos iracundos, persecuciones en cámara rápida y ropa interior, desnudos frontales, sexo sugerido y diálogos con doble sentido; si en el cine de rumberas la aventurera se condenó a la fatalidad, en el cine de ficheras, la puta obtenía una segunda oportunidad.

Cuando Tania Monroy descendió de aquel autobús en la estación de Indios Verdes, el presidente López Portillo ya había encargado la industria fílmica a su hermana, que se llamaba Margarita y se paseaba por el mundo con la Orquesta Sinfónica Nacional como parte de su séquito. El nuevo presidente se acostaba con Sasha Montenegro. La sexicomedia estaba en su apogeo.

Tania no ofreció su cuerpo para obtener papeles, como afirman ciertas lenguas viperinas. Solamente encontró a los carcamanes adecuados, y ellos corrieron detrás de su cuerpo. La improvisada actriz realizó fugaces apariciones en *¡Mujeres! ¡Mujeres! ¡Mujeres!, Albures mexicanos, El vergonzoso, La cosecha de mujeres, Picardía mexicana, La raza nunca pierde, El mil abusos, Qué buena está mi ahijada, Tres mexicanos calientes, Sólo para damas* y *La pachanga*. En una de esas breves filmaciones de bajo presupuesto, nula continuidad y audio diferido, Tania conoció al Cigüeñal.

Ya son pocos quienes recuerdan el origen del pseudónimo. Si miras con atención *Muñecas de medianoche*, en una de las escenas sobre la pista de baile, en segundo plano aparece un sujeto bailando cumbia con Tania. Vistosa corbata ancha, solapas anchas, abdomen ancho, chaleco negro y sombrero estilo Chicago. Sus hombros y sus caderas se mueven como los pistones de un motor de combustión interna. Ese es Germán Casas, alias *el Cigüeñal*.

Ella era una jovencilla suspirando por dos líneas de guión; él, un utilero en su día de suerte. Faltaban extras y aquello fue una fantasía de cabaret. Terminada la toma, Tania necesitaba alguien con quien hablar, beber algo. Él la proveyó de improvisados consejos para jalar cámara. Se hicieron amigos. Tiempo después, filmando *Las lavanderas*, un productor asociado comenzó a acosar a Tania. A la futura diva no la asustaban los galanteos propasados, pero en esos días sus horas libres estaban dedicadas a algún ejecutivo de los estudios. La actriz recurrió al Cigüeñal. Digamos que el utilero sobrerreaccionó: en un ataque sorpresa y por la espalda, aprovechando la oscuridad de un set abandonado, molió a palos al socio, quien no volvió a aparecerse en el rodaje. De algún modo, en el alma sencilla y brutal del utilero, aquello también fue una peligrosa fantasía de cabaret. Posteriormente, Casas haría un par de trabajos parecidos a petición de Tania. Ella prefería no enterarse de los métodos empleados.

Pero el destino de Germán Casas se encontraba en otro de los géneros surgidos de la inflación: el cabrito *western*. Entre 1978 y 1981, se hizo cargo de las municiones trucadas en las producciones de los hermanos Almada. Era un buen autodidacta, capaz de desarrollar su propia técnica: unas cápsulas de silicón, disparadas desde armas convencionales, que estallaban suavemente en la ropa de los actores, expulsando una sustancia densa y roja. El resultado era la apariencia de un orificio en el tórax, del cual escurría un hilo de sangre falsa, produciendo un singular realismo para la época, la idiosincrasia y el presupuesto. Durante esos años, si en una película aparecía un tipo con patillas largas y sombrero texano sosteniendo un revólver como si fuera una engrapadora, y si ese tipo recibía un tiro y caía convulsionándose en la agonía indolente de un actor sin diálogos que cobra por día, la escena, sin duda, había sido realizada con un arma modificada por el Cigüeñal.

En 1982, la Cineteca Nacional se incendió, el peso mexicano acabó de derrumbarse en una devaluación de tres dígitos, López Portillo anunció llorando que nos habían saqueado, nacionalizó los bancos y le propuso matrimonio a Sasha, la fichera original. Era el fin de una época. Justo cuando Tania pensaba seriamente en regresarse a Reynosa, uno de los carcamanes adecuados le consiguió aquella célebre sesión de fotos en bikini para *Teleguía*. Los inmensos ojos negros y las formas túrgidas de la Monroy llamaron la atención del productor Gregorio Méndez Rocha, patriarca de los culebrones, quien estaba a punto de grabar *Paraíso de pasiones* en locaciones de Puerto Marqués. La producción exigía cantidades industriales de tomas en bikini y vestidillos vaporosos. Tania abandonó la sexicomedia para incursionar en la televisión, comenzó a cobrar un salario fijo, abrió una cuenta bancaria y, pasado algún tiempo, se le agrió el carácter.

El Cigüeñal no recuerda cómo sucedió. Fue un instante. Volteó para otro lado y perdió la pista de su musa. Poco después llegó el formato vhs, el *videohome* invadió el mercado y los rodajes serios se tornaron incosteables. Germán Casas sobrevivió cargando baúles para producciones ridículas hasta 1992, el año del rodaje de *Valle del mal*, un largometraje de ficción cuya producción contaba con algo de dinero extra. Los realizadores podían invertir en efectos especiales: un poco de explosiones, una casa en llamas, algunas metralletas y muchos muertos. Llamaron al Cigüeñal para hacerse cargo de los balazos. Era su gran regreso a la acción.

La trama: dos bandas urbanas confrontadas por el control de zonas de contrabando, los integrantes de ambos grupos alteran sus mentes con fármacos inclasificables, usan estoperoles, zapatos tenis blancos, pantalones elásticos y copetes hiperbólicos como si los ochentas no hubiesen terminado. Por las tardes se masacran entre ellos sin tener claras las causas, ante la mirada distraída y complaciente de la policía local.

Apenas al segundo día de rodaje, una cápsula preparada por el Cigüeñal perforó el pulmón de un actor, quien cayó muerto mientras las cámaras filmaban una escena digna de *Valle del mal*: en exteriores, muy confusa, con siete pistoleros, un incendio fuera de control y planos demasiado cerrados. Casas no supo explicárselo ni a sí mismo. Sólo balbuceaba frases inconexas. En la prensa se especuló sobre sabotajes, enemigos del director, mafias, satanismo. El director de la cinta permaneció detenido dos semanas y luego salió libre y sin cargos, tras una complicada operación de tráfico de influencias. El Cigüeñal, carente de padrinazgos, evadió una orden de presentación y acabó prófugo, moviéndose por olvidados poblados del bajío, vendiendo películas piratas en un tianguis (lo cual era una forma retorcida de permanecer en el negocio del entretenimiento). Vivía atormentado por una interrogante obsesiva: qué diablos pasó en aquella escena de *Valle del mal*. La mezcla en la recámara de la pistola pudo contener pólvora en exceso o tal vez el disparo se efectuó a una distancia demasiado corta o una esquirla de plomo se adhirió al silicón... Tales cuestionamientos le fueron royendo el cerebro y los riñones. Excedentes de pólvora en la mezcla, metros de distancia, restos de plomo, esa clase de ideas parasitarias que no se desvanecen con el sueño.

Nunca se emitió una orden de aprehensión por el probable homicidio imprudencial ocurrido durante el rodaje de *Valle del mal*. La policía judicial no hizo públicos los resultados de sus investigaciones. Casas volvió al D.F. a mediados de 2007. Al parecer ya nadie recordaba fatalidades de bajo presupuesto. El Cigüeñal permaneció en la semiclandestinidad. Alquiló un pequeño departamento en un multifamiliar de Iztacalco, acondicionado con una colección de frascos de agua de colonia Sanborns, un antiguo ropero de madera con un espejo pegado en la puerta, numerosas corbatas de arriesgados diseños y unos cuantos platos en el fregadero. El Cigüeñal se adaptó a los nuevos formatos digitales: instaló seis torres quemadoras de CD en una de las habitaciones. Su tiempo libre lo dedicaba a localizar algún contacto que lo aproximara a Tania Monroy.

Hay una teoría que afirma que todo individuo, donde sea que se encuentre, está a seis personas de separación de cualquier otra persona del planeta. Se le conoce como "Teoría del mundo pequeño". Un cazador bosquimano, por ejemplo, tendría que ser presentado con un máximo de cinco intermediarios, sucesivamente, para llegar a conocer personalmente al ministro de cultura de Corea del Norte. El Cigüeñal se encontraba por lo menos a catorce personas de Berta Domínguez. Sus posibles informantes y contactos estaban apartados del negocio, se habían mudado o estaban muertos. Los tugurios que solía frecuentar habían sido clausurados o estaban quebrados. Los bajos fondos de la sociedad del espectáculo se hallaban ya en otros barrios. Le habían cambiado la ciudad al Cigüeñal y él seguía con la misma pinche depresión desde su partida en los noventa. No obstante perseveró, y una mañana la asistente de Tania recibió la llamada de un tal Germán Casas, mejor conocido como el Cigüeñal, viejo amigo de la rutilante estrella, un compadre, casi un hermano. Desconfiada de oficio, Berta respondió que más tarde le devolverían la cortesía. Se lo mencionó a Tania. La diva respondió que jamás había escuchado hablar de aquel tipo y que ya estaba hasta la madre de tanto pinche loco chingando todo el día. El Cigüeñal siguió llamando hasta notar que habían bloqueado su celular. Tan precavida como desconfiada, la asistente guardó el número. Esta mañana, cuando las rabias de Tania invocaron el pseudónimo del utilero, Berta estaba lista. La Diva de México es incapaz de valorar la sensata y eficaz colaboración de Berta Domínguez.

Ahora mismo Germán Casas se mira en el espejo de su ropero, ajustándose cuidadosamente una corbata roja con relámpagos plateados. Las corbatas llamativas y anticuadas son un medio para sostener al alza su precaria autoestima. Suena el celular, programado con una melodía de Los Panchos.

–Diga –gruñe el Cigüeñal.

–Hola, cariño.

Tania pretende sonar sensual. Obviamente no lo consigue.

—¿Quién habla?

—Soy Tania, pendejo, Tania Monroy.

—Sí, a güevo, y yo soy Luis Miguel.

"Chingada madre", piensa ella. La existencia de la Diva de México es como uno de esos *shows* de variedades en Las Vegas que duran veinticuatro horas; como un crucero por el Caribe, la carpa de una feria mundial, el récord Guinness de las lentejuelas, una serie de intrigas con desenlaces múltiples, todo un conglomerado de fantasías que ocultan a una mujer de mediana edad, cansada, ansiosa y, desde lo que sucedió en Miami, un poco asustada. Sabe que en cualquier momento su estilo de vida puede colapsar y es probable que nadie en este mundo escuche el derrumbe. No se siente preparada para una caída desde esa altura. Nadie lo está.

Tania, por cierto, no es pendeja. Esa actitud de negación ante la ausencia de su nariz, es puro pragmatismo. La llamada a Ortigoza balanceó en su favor las fuerzas resultantes de la catástrofe, y el abogado Larrazábal ya sabrá qué hacer para sacarle dinero a la situación. Pero en este momento, con el Cigüeñal en la línea, la prepotencia de Tania se vuelve más fuerte que ella. Esta última llamada la realizó motivada por un profundo aprecio a sus rencores. Ahora está concentrada en hacer emerger, desde las cavernosidades de la voz, su más temible superpoder: la seducción autoritaria.

—Sólo yo sé cómo bailas cumbia, cabrón.

Y la diva da en el clavo. En la memoria de Germán Casas, tan atormentada por supuestas estupideces cometidas en el pasado, aparece de golpe una marquesina blanca con luces violetas, terciopelos rojos y filos dorados, un congal de los setenta, vasos a medias, solapas anchas, escotes pronunciados, vestidos pegados a cuerpos sudorosos y mucho maquillaje y perfumes baratos, lujuria, misterios de camerino, desenfado, drogas, decadencia, bailes y Tania. Tania Monroy. Para tipos como Germán Casas, sólo aquella fue la época de oro.

—Ah, chingá... ¿Eres tú?

—A güevo, cabrón.

—No pus sí, sí eres tú. Tania, he pensado mucho en ti.

—Y yo en ti, mi cielo, todos los días...

—No mames.

No es un reproche, pero al Cigüeñal se le escucha la tristeza en cada sílaba. A Tania, los tonos depresivos le suenan siempre a reclamo.

—Mira, ya sé que he sido una ingrata. Y me encantaría poder cambiar eso, pero no puedo Germán, no se puede cambiar el pasado, ¿verdad?

—Dímelo a mí...

—Lo único que nos queda es vivir el presente. Así veo las cosas ahora. Mi vida no es perfecta, pero siempre he luchado para conseguir lo que quiero. Y quiero que compartas esto conmigo. Quiero que me hagas un favor, Germán.

Una señal de alerta se activa en el espinazo del utilero.

—¿Yo?

—Claro. Te llamé a ti porque se trata de un asunto delicado. Mira, hay un tipo, un pinche periodista puto que se está pasando de verga...

—Y... ¿qué quieres que haga?

— Algo sencillo... unos dedos rotos, una oreja, qué sé yo, algo que sirva de lección, tú eres el experto.

"Chingada madre", piensa el utilero. "La única llamada que esperas en tu vida y sólo te buscan para desquitarse de otro pobre pendejo."

—¿Así nomás?

—Corren mejores tiempos, mi querido Cigüeñal, ahora puedes ganar mucho conmigo, ¿cómo te caería medio milloncito? ¿Te rajas?

Por supuesto que Germán Casas podría responder algo así como: "Me confundes, mi reina amada, yo no soy más que un humilde utilero sin empleo, un extra improvisado que bailó una pieza de cumbia en los setenta, el mismo lambiscón que te cuidaba las espaldas cuando eras nadie, un prófugo de la justicia que vive de la piratería, en el fondo un cobarde y, para señas más precisas, un inútil..." De hecho, eso es exactamente lo que está pensando. No es que se sienta ofendido. En el fondo, el hecho de que ella lo siga creyendo capaz de ejercer violencia contra alguien, reconforta sus riñones inflamados.

—Y... ¿a quién hay que chingarse?

—Mi asistente va a llamarte más tarde para pasarte los datos, nombre, domicilio, horarios, esas cosas. Yo no tengo tiempo. ¿Lo harás?

—Dalo por hecho, mi reina —responde de inmediato el Cigüeñal.

Y no es cuestión de dinero. No se trata del medio millón de pesos que la Diva de México acaba de ofrecerle a cambio de fastidiarle el físico a un lengualarga profesional. Se trata de Tania Monroy, la reina absoluta de todas las fantasías de cabaret. Si por él fuera, lo haría gratis.

Carnicerías públicas con asuntos privados

Es cierto que el director de *Farándula* jamás revisa el material antes de que lo envíen a la imprenta. Los miércoles, al llegar a su oficina, algún desconocido ya depositó un ejemplar fresco sobre la superficie de vidrio templado. Así que no le queda otro remedio que hojear distraídamente los contenidos: intimidades de personas que se ganan la vida en los foros de televisión, recetarios de postres, sinopsis de telenovelas, consejos de sexólogos... El rostro de la Monroy es un asunto de rutina, un tema que dará para una semana. La única sección en la que Mac se detiene con cierta atención, es la de los horóscopos.

¡Luna nueva en Virgo! Hoy entramos en el fuerte inicio de un ciclo a favor del poder, la transformación y los cambios, la automaestría y la capacidad de lidiar con la crisis, aumentar nuestra percepción para establecer relaciones sanas, equilibradas y beneficiosas. Un período para un profundo trabajo con las uniones.

He ahí una buena señal. Así lo cree el periodista, no por los conocimientos premonitorios del astrólogo, quien antes fue elevadorista en el hotel Virreyes, sino porque tales augurios aparecen cada semana en *Farándula*. Mac cree en las señales, en los horóscopos, en su buena suerte, en los milagros, en el karma, en los fantasmas, en los ovnis, en la brujería, en los valores familiares, en las revelaciones, en el sistema, en Dios, en sí mismo. Mac Cervantes, periodista de espectáculos, un hombre hecho de fe. Vibra el celular. Esta vez es el vicepresidente Ortigoza.

–Pepe, como siempre, es un placer escucharte.

En el negocio del chismorreo, como en cualquier ambiente de oficina, la adulación es una práctica de rutina.

–Hola, Mac. Te llamo personalmente porque tengo sentimientos encontrados sobre nuestra linda portada con la foto de Tania Monroy en versión *halloween*. Por un lado, deseo felicitarlos sinceramente, a todos, por su profesionalismo. Torrado en particular es un ejemplo de compromiso con la empresa. Por el otro lado, parece que los muchachos de Programación pasaron la mañana calculando posibles pérdidas financieras ocasionadas por este radical cambio de imagen.

–La revista se está vendiendo maravillosamente...

–Hay ciertas cosas que estos chicos aún son incapaces de entender. Estoy entrando a junta de Consejo. Se me ocurrió algo para salvar tu cuello. No queremos volver a aquel asunto de las tetas pequeñas, ¿verdad? Mientras tanto, tú y tu equipo se quedan quietecitos y no piensen en el tema Monroy para el próximo número, *¿okay?* Quiero verte en mi oficina a las cinco.

—Claro, Pepe, encantado.

"Ya está", piensa Mac Cervantes, "me enviarán a cubrir peleas clandestinas en Malasia". El tono jovial de Ortigoza nunca deja en claro su estado de ánimo. ¿Cómo olvidar el asunto de las tetas pequeñas? En el año 2009, Mac autorizó distraídamente una portada cuyo titular anunciaba:

¡Tania se encuera!

En interiores aparecían los fotogramas de una toma que la Monroy había realizado tiempo atrás para un proyecto de cine independiente que, según los productores, la llevaría directo a Cannes. Probablemente la cinta acabó en la basura, pero quedaron esos revelados que Cervantes rescató en el mercado negro de las imágenes. Tania hizo un berrinche de niveles ejecutivos. El motivo de su rabia no era el desnudo en sí (el único en su vida, según declaró), sino los pechos, que en la foto resultaban demasiado pequeños para los nuevos tiempos. Tania repartió amenazas generosamente, Cervantes no se dio por aludido y eso la encabronó aún más. En aquella ocasión, Ortigoza resolvió el conflicto con un coctel. Mandó alquilar una terraza del hotel Nikko con servicio de champaña y canapés, invitó a celebridades al borde del retiro, oportunistas de moda, símbolos sexuales y otros fenómenos del circo. Y al menos aquella tarde, Mac y

Tania se lisonjearon mutuamente mientras sus mejillas se rozaban, los globos dorados se elevaban hacia la atmósfera y la luz de los reflectores los transformaba en seres etéreos. El tema debió quedar en el olvido, pero la Diva de México es una mujer consagrada a sus revanchas.

Mucho antes, durante sus pasos por la sexicomedia, Tania realizó un par de rígidos desnudos frontales, totalmente innecesarios para la trama.

Usualmente, a los ejecutivos de Telemanía les complace que sus propios medios de comunicación escenifiquen carnicerías públicas con los asuntos privados de las estrellas. Es parte esencial del espíritu competitivo. La cadena cobra las cuentas por ambos lados. Se comprende como una combinación de necesidades mutuas: los artistas dependen de la prensa para salir a cuadro, la prensa del chismorreo aporta un servicio y la moneda de cambio es la intimidad. La publicidad gratis y la infamia son las dos caras de esa moneda. No puedes ser una celebridad y pretender que tienes vida privada. Vibra el celular.

—¿Qué hay, Susi?

—Se está poniendo bueno, Mac. Ahora el doctor Erástegui no para de hablar. Dice que los de Houston son unos criminales. Tania le respondió vía Twitter. De verdad comienzo a admirarla, ella sí que sabe insultar.

—Susi, querida, lamento decepcionarte, pero por ahora tendrás que olvidarte de Erástegui y clínicas en Houston. Retira al equipo del Pedregal. ¿Está claro?

—¿Por qué? ¿Qué pasó?

—Ahora no puedo darte más detalles. Llámame después de las tres. Tengo una reunión en San Jerónimo.

A Mac Cervantes le encantan esos fugaces momentos en los que se encuentra más informado que la jefa de redacción. Colmenares se siente ultrajada. Había reservado las declaraciones más hirientes para números posteriores. Concentró material suficiente para barrer con el prestigio de la Monroy como un tsunami en playas tropicales. En cuestiones de comunicación, Susana Colmenares profesa un liberalismo ortodoxo. Publicar asuntos vergonzosos es más que ejercer un derecho, es una causa, una militancia en la libertad de expresión. En algún momento de la historia, ciudadanos valientes derramaron su sangre para que en el siglo XXI cualquiera pueda colocar cámaras en el patio de tu casa y grabar, por ejemplo, escenas explícitas de adulterio. Sí, un mundo mejor, un mundo libre, pero la jefa de redacción prefiere guardarse sus ideas políticas.

—Caray, Mac, estábamos a punto de sacar la reimpresión.

—Precisamente por eso. Lo que necesitamos ahora es algo que atraiga la atención hacia otro lado, una cortina de humo. ¿Qué tenemos?

—Bueno, Karen Rodríguez y Bobby Luján acaban de adoptar a un niño.

—¿Otro? Qué bien. ¿Cuántos llevan?

—Van siete. Dos vietnamitas, un angoleño, los triates bolivianos, y ahora volvieron a casa con un bebé indonesio. Cada vez que se pelean alivian las tensiones conyugales realizando trámites internacionales de adopción.

—Bueno, tal vez eso es más útil para la humanidad que combatir el hambre asistiendo a cenas de caridad en Nueva York.

—Tengo mis dudas. El gobierno de Zimbabue los denunció el año pasado a la Interpol, por tráfico de menores. Parece que no siempre realizan todos los trámites requeridos.

—Susi.

—Dime.

—¿Nunca te relajas?

—Sí, claro, anoche soñé que era conductora de *Wild On*, estaba buenísima y me pagaban en dólares por viajar en primera clase, ir a clubes nocturnos y beber daiquirís.

—Suena bien.

—Adiós, Mac.

—Adiós, Susi.

Mac Cervantes cierra el más reciente ejemplar del *Farándula* y lo arroja sobre la cebra de imitación. Luego abre el segundo cajón del archivero, toma el sobre manila, extrae los fotogramas impresos y los coloca en hilera, formando una secuencia cronológica sobre la superficie de vidrio templado. En el fondo le parece una lástima compartir. Publicar esto será como servir un whisky de veinticuatro años en algún cumpleaños de la oficina, junto al refresco de naranja y el pastel de merengue azul.

Vibra el celular.

—Roque, ¿qué hay?

—Hola, Mac, ¿tienes en donde anotar?

—Claro.

—El lunes pasado Marieta Unsaín y su guardaespaldas, un tal Ignacio Gámiz, abordaron un *jet* privado en el D.F. y aterrizaron en el Aeropuerto Internacional de Cancún. Ahí tenían arrendada con Hertz una camioneta Porsche Cayenne que los llevó hasta Torre Nautilus, un exclusivo condominio ubicado sobre bulevar Villanueva. El *penthouse* es propiedad de Luigi del Prado, pero Marieta tiene las llaves. Apuesto a que esto no lo sabías, ¿verdad? Atentamente, Roque, mejor conocido como *el Bello*, tu padre.

—¿Cómo diablos lo haces?

—Para mí no existen los secretos, Mac. Ese es mi secreto.

Y en verdad no hay gran cosa que ocultar. El Bello soborna por método. Es un experto comprador de información reservada. Registros vehiculares, archivos de propiedad inmobiliaria, historiales médicos, estados de cuenta bancaria, listas de vuelos, listas de pasajeros, listas de migración, catastro, padrón electoral, toda base de datos en este país tiene un precio. Adicionalmente, Roque soborna a mucamas, choferes, porteros, guardaespaldas, abogados y médicos de celebridades. Ha sobornado a sus propios familiares y empleados, a extorsionadores profesionales y a agentes de la Fiscalía Especial para Investigar Sobornos. La información que el Bello no publica en *Calumnia*, es cien por ciento confiable.

—Roque, no sé cómo agradecerte…

—Oh, sí que lo sabes. ¿Tienes esas entradas?

—Espera, no es como tú crees. Esto no es como conseguir boletos para los Lakers. Hay que ser sutiles, ¿sabes? Por ahora la estrategia de Mac es sencilla aunque difusa. Consiste en hacer tiempo mientras encuentra un pretexto verosímil que le quite al Bello de encima.
—No me jodas con sutilezas, Mac. Tengo reservación en el Hilton. Mi vuelo sale el domingo a primera hora.
—Llámame el sábado por la tarde, ¿te parece? Yo te aseguro que entonces tu asunto estará resuelto.
—Por supuesto que llamaré, Mac.
—Adiós, Roque.
Por un instante, Mac siente bajo sus pies la textura rugosa del mundo. La diva sin nariz, los niños adoptados de Zimbabue, *el Bello* Roque y los Hispano, las horas que transcurren mostrando indicios claros de próximas turbulencias, saberse expuesto a la erosión que producen los acontecimientos. Pero es apenas un fugaz instante de conciencia, porque ahí, sobre el vidrio templado, las imágenes comienzan otra vez a emitir significados. Mac mira hacia la superficie de su escritorio. Los fotogramas formulan nuevas interrogantes. ¿Qué hace Marieta de incógnito en un *penthouse* de Cancún? ¿No estaba a punto de lanzar un nuevo disco? ¿Cuál es el momento más adecuado para publicar el debut pornográfico de una estrella juvenil del pop?

Como un rayo

Antes de contar la historia de una estrella del pop, será necesario aclarar algunas cosas sobre el concepto. No se refiere a un conjunto de estilos moldeados y regulados por cierto ramo de la industria cultural. Tampoco nos habla de un tipo peculiar de ritmos que puedas distinguir al sintonizar la radio. Si alguna vez lo hizo, el pop ya no distingue morfologías. El pop es la propuesta estética del capitalismo en su estado más puro: una industria que fabrica, empaca, promociona y vende imágenes de personas. Más que un fenómeno de la cultura de masas, el pop se presenta como un modelo industrial que tiende a sustituir la cultura. Es un modo de hacer las cosas. Es marca y es mercancía. Es cuestión de negocios.

En el mercado de la cultura globalizada, el pop va más allá de satisfacer demandas: crea tipos específicos de consumidor, sujetos idealizados que buscan adquirir ciertos estados de ánimo, perciben el entretenimiento como experiencia estética y asimilan dócilmente su condición de objetivo de mercado. En el proceso, la industria devora todo lo que encuentra a su paso y lo asimila a su modo de hacer las cosas. En este siglo, Britney Spears es tan pop como los Rolling Stones, la Orquesta Filarmónica de Viena, la causa independentista del Tíbet y el Mariachi Vargas de Tecatitlán. ¿La música de la resistencia saharaui? Pop. El papa es pop. El Che Guevara, Michel Foucault y la princesa Diana desayunan mimosas con caviar en un edén pop, y las revoluciones y sus iluminados se convirtieron al pop porque la historia universal se registra en los códigos del pop. Y las universidades que no incorporen el pop a sus planes de estudio, desaparecerán. El pop absorbe símbolos como una aspiradora universal, y si lo estás pensando, por supuesto que Cristo y Buda son pop.

En el año 1997, la familia Unsaín habitaba una precaria situación y una casa Geo en Mexicali. Bañado en sudor, el señor Unsaín fregaba los platos y maldecía en silencio los recortes presupuestales que habían borrado de un plumazo su puesto de burócrata federal, mientras la señora Unsaín sostenía la economía familiar vendiendo cosméticos taiwaneses que se derretían de puerta en puerta. Una de sus clientas le mencionó algo sobre unas pruebas para comerciales de champú Baby Pure. La hija única del matrimonio tenía entonces tres años. No correspondía con precisión al tipo estandarizado que solicitan las agencias publicitarias, pero tenía sus grandes y extrovertidos ojos verdes, y eso era justo lo que el director de *casting* buscaba en ciudades fronterizas: enternecedoras caritas caucásicas a bajo costo. Los

Unsaín volaron rumbo al Distrito Federal, Marieta protagonizó la campaña de lanzamiento de Champú Baby Pure adicionado con proteínas, cobraron el cheque y fue como ver un futuro desbocado ante sus ojos: no más detergente ni maldiciones, no más cosméticos taiwaneses. Se mudaron al D.F. Habían encontrado un modo digno de supervivencia: explotar a su propia hija.

Desde entonces, Marieta ha pasado tanto tiempo desdoblando su imagen que sería posible construir su perfil biográfico a partir de encabezados del *Farándula*. De hecho, podemos afirmar que la cantante y la revista se criaron juntas. Los titulares no pretenden informar, sino provocar sensaciones. Aun así, cada enunciado, leído con atención, revela zonas que hasta ahora permanecieron ocultas.

¡Niña prodigio!

Durante los siguientes años, los televidentes vimos crecer a la niña jugando con estimulantes juguetes, tomando chocolate en polvo complementado con innovadoras sustancias que incrementan la inteligencia, sonriendo con la tranquilidad que proporciona un seguro médico, viajando en una camioneta que resume, en sus asientos de piel, las aspiraciones de una pequeña burguesía esforzada, aséptica y bien intencionada.

Marieta acababa de cumplir los nueve cuando el promotor Luigi del Prado, conocido por entonces como el rey Midas de los talentos juveniles, tocó la puerta de los

Unsaín. En su portafolios llevaba un contrato de exclusividad con Telemanía. Del Prado propuso cobrar cuarenta por ciento de las ganancias a cambio de saturar la agenda de la pequeña. El matrimonio firmó un documento con letras muy pequeñas en el que prácticamente alquilaban a su hija.

Muy pronto, Marieta se convirtió en un producto refinado y sintetizado por la industria. De lunes a viernes encarnaba a la hija de una madre con cáncer, los sábados aparecía en *sketches* cómicos y los domingos cantaba en el festival Niños prodigio, mientras las cuentas bancarias de sus padres crecían exponencialmente. El tiempo que no pasaba en los foros de Telemanía, lo ocupaba en clases particulares de canto, solfeo, baile y actuación. El certificado de educación básica se obtuvo mediante un tráfico de influencias que introduciría al señor Unsaín en los bajos fondos de la sociedad del espectáculo. El de secundaria ya no figuró entre los asuntos de Marieta S.A. Cuando llegó a los dieciséis, su noción acerca del mundo exterior se parecía a una reunión de su club de fans: un espacio de pasto sintético con mesas plegables y platos desechables. Del Prado decidió que la naciente estrella se encontraba lista para grabar en los estudios de ZT Récords.

¡Como un rayo!

Desde una óptica esencialista, la letra del primer sencillo, "Como un rayo", suena convencional: un estribillo simple repetido hasta el cansancio, acordes que sugieren una sensibilidad jovial y dispuesta, y una serie de frases sin sentido que relatan la historia de un amor a primera vista entre pubertos. Fue un éxito rotundo. En una semana se colocó en la parte alta de las listas y así se mantuvo durante meses. Gira por México, otros tres sencillos, discos de platino, gira de veintiséis conciertos por Sudamérica, primer lugar en Billboard Latino, portada en *Rolling Stone*. Marieta transitaba un laberinto indescifrable de aviones, hoteles y salitas impersonales para ruedas de prensa. Su imagen concentraba todas las aspiraciones de una generación entera de estudiantes conectados permanentemente a sus artilugios electrónicos. Delgada, blanca, sonriente, suave cabello de color castaño, todo armonizaba con su actitud egocéntrica. Desinhibida, sin obligaciones escolares, ocupada haciendo toneladas de dinero, se convirtió en el arquetipo colegial de lo inefable. La expansiva marca Marieta impulsaba su propia sociedad anónima trasnacional.

Ante el impresionante flujo de capital, el señor Unsaín se reveló como un hombre de negocios. Ya era tiempo de colaborar con la causa e independizarse al mismo tiempo. Así que decidió asociarse con estos hermanos gemelos que usaban ropa Versace, y juntos abrieron un inmenso club nocturno sobre Reforma, una especie de mezquita de policarbonato rosa con ribetes dorados. Adentro había tres pistas de baile, seis barras y un carrusel. Por su cuenta, la señora Unsaín abrió su propio salón de belleza en Mazaryk. Sobre estos asuntos, los padres no hablaban con la hija. De hecho, prácticamente no hablaban con ella.

¡Marieta, a conquistar Europa!

El segundo compacto incluyó versiones en francés e italiano. Antes de atravesar el Atlántico, Marieta ya mostraba señales del desgate. En las fotos de su llegada al aeropuerto de Barajas apareció raquítica y con una palidez mortuoria. Estaba anémica. En Ibiza se colapsó al final del concierto. Durante el resto de la gira la revisaron médicos de cuatro países, y cada uno recomendó tratamientos diferentes. Después de eso, Marieta era incapaz de distinguir entre un complemento vitamínico y unas metanfetaminas. Los tabloides españoles sacaron sus propias conclusiones.

¡No soy anoréxica!

Apenas aterrizó en México llegaron las malas noticias. El señor Unsaín estaba prófugo, investigado por el Sistema de Administración Tributaria a causa de un mal planeado fraude fiscal por ochenta millones de pesos. Los hermanos Versace habían convertido el club nocturno en una lavadora de billetes sobrecargada.

Nadie sabía decirle a la cantante dónde estaba su padre. Su madre cerró velozmente el salón de belleza y se fue a refugiar a Mexicali. Marieta comenzó a psicoanalizarse durante las ruedas de prensa. Hablaba de sus problemas personales como si tuvieran alguna solución. Los profesionales del chismorreo la adoraron mientras la destrozaban, lo cual influyó favorablemente en las ventas del disco.

¡Marieta arrasa en los Grammys!

No era la más bella, tampoco tenía la mejor voz, no era simpática ni amable ni divertida, no movía sensualmente las caderas, era simplemente la mejor: el producto más rentable del pop latino. El siguiente paso natural era la gira por Estados Unidos. Cantar en inglés. Firmar con un monstruo global. Comerse el mundo.

¡Marieta invade USA!

Mientras Marieta conectaba *hit* tras *hit* en la meca de la industria, la señora Unsaín fue localizada por un regimiento de contadores, administradores, abogados fiscales y auditores de Hacienda. No entendía lo que le decían ni alcanzaba a concebir el descomunal tamaño del problema. Su certidumbre se reducía a la evidente imbecilidad de su marido. Endeudada hasta el cuello, no halló mejor alternativa que aceptar la propuesta de Luigi del Prado: firmar una carta poder a favor del promotor, quien obtuvo el control absoluto sobre los bienes de Marieta S.A. La cantante fue la última en enterarse. Ella enfrentaba la situación intercalando actitudes de soberbia y trastornos por ansiedad. Así cumplió dieciocho años, sin alcanzar a tocar un solo peso de sus ganancias. Del Prado compró aquel departamento en Cancún y rentó el de Santa Fe. Cada mes depositaba, en una cuenta a nombre de la cantante, algunos miles para gastos personales.

Marieta... ¡la película!

Dos semanas después comenzó el rodaje de *Como un rayo de amor*, una película malísima protagonizada por Marieta y Joselito Arajoz, galancete español que pretendía incursionar en escenarios mexicanos. Las locaciones estaban en Vallarta. La cantante experimentó unos complicados escarceos sexuales con Joselito. Marieta lo hizo porque era la primera oportunidad de tener sexo que se le ponía enfrente. Joselito lo hizo por recomendación de su agente (cierto sector del público es susceptible a ese tipo de publicidad). Fue el mismo agente quien filtró la historia a la prensa.

Estalla Marieta: ¡Soy virgen!

Nadie creyó eso, pero ZT Récords aprovechó la circunstancia y lanzó un nuevo sencillo: *Por amor al cielo*. Telemanía financió la producción de un videoclip en el que Marieta aparece vistiendo un largo velo, con las manos juntas en posición de rezo, dirigiendo la mirada candorosa hacia una intensa luz blanca proveniente del cenit. La introducción del tema fue ejecutada en el órgano barroco de la Catedral Metropolitana. *Por amor al cielo* permanecía en la cima cuando Joselito Arajoz se declaró felizmente homosexual (falso o cierto, un destape *gay* es siempre un ardid publicitario).

Desorientada, Marieta volvió a Mexicali en busca de su madre. La señora Unsaín le pidió dinero antes de saludarla. Marieta le explicó que no tenía acceso a sus cuentas, a causa de la carta poder que la señora había firmado. Esta se puso como loca. Gritoneó a su hija con insultos, la tachó de ingrata, pervertida y golfa. Luego le cerró la puerta en la cara. Más tarde llamó a la prensa y declaró que el señor Unsaín había huido por culpa de su hija, una ingrata, pervertida y golfa que se acostaba con el promotor Del Prado, de quien había abortado un hijo, etcétera. Y aunque eran puras mentiras, una portada de *Farándula* puede transformar las mitomanías delirantes de una madre en virtudes teologales.

¡Escándalo sexual!

La cantante volvió al D.F. para descubrir que las oficinas de Marieta S.A. amanecieron escrupulosamente vacías. Del Prado también había desaparecido. Marieta canceló entrevistas y se encerró en Santa Fe con su nuevo club de amigos imaginarios y una generosa dotación de whisky, cocaína y Xanax. Los contratos incumplidos se acumulaban junto a los frascos vacíos en el bote de basura del baño. El rey Midas reapareció un mes más tarde en Chile, en el festival de Viña del Mar, tan tranquilo, declarando a la prensa que su relación contractual con Marieta había terminado y que no le interesaba saber nada de ella. Por esos días, alguna mucama resentida (no resultaba difícil resentirse con los desplantes de la cantante), se explayó ante un reportero de *Farándula* acerca de los fármacos que Marieta solía comprar con recetas de dudosa procedencia.

¡No uso drogas!

La prensa estableció equipos permanentes alrededor de la casa de la estrella. Cualquier salida del condominio de Santa Fe implicaba el sometimiento a un brutal proceso mediático.

—Marieta, ¿es cierto que abortaste un hijo de Luigi del Prado?

—Marieta, ¿qué le contestas a tu madre cuando declara que eres una golfa malagradecida?

—¿Estás drogada en este momento, Marieta?

—¿Es verdad que has participado en orgías?

—¿Por qué no respondes, Marieta? Tu público está preocupado.

Los ejecutivos de ZT Récords optaron por lanzar una campaña de arrepentimiento. La cantante ingresó a rehabilitación y la disquera promocionó el suceso como un evento filantrópico. El tratamiento consistió básicamente en un constante suministro de Turbo Drink, bebida energética de explosivo sabor morado, adicionada con taurina. Marieta salió de ahí a las tres semanas y ofreció entrevistas exclusivas en las que afirmaba haber vuelto a nacer. "Las cosas pasan por algo", decía.

Para controlar los arrebatos de la prensa, ZT Récords contrató los servicios de escolta de Protekta S.A.

> Nota publicitaria: Protekta no es cualquier empresa de seguridad privada. Somos un grupo de expertos especializados en lidiar con la empecinada prensa de espectáculos. Las estrellas más conflictivas nos recomiendan. ¿Hay uno o varios periodistas fastidiando su existencia? ¿La tomaron contra usted? ¿Es personal? Llame a Protekta. Tras la intervención de nuestros expertos, ese paparazzi intolerable, o aquel fanático desquiciado, desaparecerán de su vida. Los tabloides publicarán textualmente los boletines enviados por su agente de prensa. Llevamos a cabo tácticas discretas y extremadamente disuasivas. Nuestros servicios están garantizados.
>   Consulte nuestros folletos informativos o visite nuestra página web.

De repente la puerta del condominio en Santa Fe se veía despejada. En la existencia de Marieta aparecieron algunos minutos de calma que produjeron cierta frágil estabilidad emocional. Tal vez eso explique lo que sucedió después. Los intelectuales del chismorreo se regodearían en oscuras disertaciones psicológicas, buscando las causas en la necesidad confusa y apremiante de una imagen paterna, resultado natural de la rasposa biografía íntima: el padre ausente, el actorcito homosexual, el promotor aprovechado... ¿Acaso puede la psicología comprender las pulsiones sexuales de una estrella del pop? Las vivencias eróticas de Marieta se reducían al fiasco de Joselito y a la pornografía por internet, la cual resultó ser la fuente más confiable de conocimiento. La clave consistía en eliminar los preámbulos. Marieta fijó la mirada en el jefe de su escolta —un callado ex militar de treinta y ocho años—, lo atrajo a su sofá y se lanzó sobre él con la calculada inmediatez de una *teen pornstar*. Por entonces nada se publicó sobre estos asuntos. Era como si la cantante se hubiera esfumado. Ningún empleado osó filtrar información al respecto, y ningún reportero sensato se habría atrevido a publicarla.

¡Algo de acción!

En ZT Récords trabajaban a marchas forzadas. Las letras, la composición, los arreglos, el estudio, la banda, todo estaba listo para comenzar a grabar *Algo de acción*, un compacto que prometía ser el fenómeno juvenil de la temporada. Y Marieta no se presentó a la primera sesión. Ni a la segunda. Sus teléfonos estaban muertos. Los informantes habían perdido la pista. A finales de julio, ZT Récords anunció la cancelación de sus contratos con la cantante.

¿Dónde está Marieta...?

Y hasta aquí la sección de espectáculos. Lo que sigue es nota roja. Si intentáramos reconstruir los hechos que provocaron los sangrientos sucesos de Torre Nautilus, tendríamos que retroceder hasta principios del siglo.

Afirmativo, R11

El siglo comenzó con ciertas premoniciones incumplidas. El cambio de dígitos no provocó un colapso de los sistemas informáticos en el año 2000, y en el 2001 nadie lanzó vuelos tripulados a Júpiter. Britney Spears, en cambio, lanzaba su tercer álbum de estudio, *I'm a slave 4 u*, alcanzando los primeros lugares con el segundo sencillo promocional, *"Oops, i did it again"*, Madonna permanecía en el trono de la industria con el sencillo *"Don't tell me"*, de su octavo álbum *Music*, Christina Aguilera y Ricky Martin grababan a dúo *"Nobody wants to be lonely"* mientras Jennifer López y Nelly Furtado mantenían a la alza el mercado latino, compartiendo las listas internacionales con Robbie Williams, Janet Jackson y 'N Sync.

Durante aquel verano, Ignacio Gámiz, marino de la Armada de México, se graduaba del Curso de Adiestramiento y Operaciones Kaibil, impartido por la Escuela de Fuerzas Especiales Guatemaltecas. De regreso en México, el grado le valió el ascenso a teniente. Hay una fotografía archivada en el expediente judicial. Gámiz aparece en un muelle del puerto de Veracruz, posando con uniforme blanco de oficial, cuerpo delgado y correoso, rostro moreno, facciones rudas y un bigote finamente recortado. Hay una fragata a su espalda. La instantánea fue tomada por su esposa. Ella murió de tifoidea dos años después. Gámiz es viudo.

El curso kaibil es un producto de la Guerra Fría, que en Centroamérica no fue precisamente fría. En sus inicios, la misión era formar tropas de élite para aniquilar milicias o guerrillas insurgentes. Una especie de sucursal de la Escuela de las Américas, con asesoramiento de la CIA. Tras los acuerdos de paz, el gobierno guatemalteco anunció un giro en la misión de los kaibiles: combatir el crimen organizado.

En septiembre de 2001 se llevó a cabo la transmisión más espectacular de la era televisada: la destrucción de las Torres Gemelas de Nueva York. El impacto de un avión en la primera torre hizo que todos los circuitos de comunicación global dispararan sus señales simultáneamente en un mismo sentido, como en un electrochoque. Los receptores del mundo se sintonizaron en una sola secuencia: el impacto de avión en la segunda torre, en vivo. Comparado con eso, los pasos de Neil Armstrong sobre la Luna quedaban a la altura del espectáculo de medio tiempo en un Super Bowl. Más tarde apareció en la pantalla un impasible hombre de mediana edad, sentado en el piso de una cueva en algún lugar de Afganistán, posando con turbante al lado de un rifle kaláshnikov, atribuyéndole a su organización la producción del evento, levantando el dedo índice y profiriendo amenazas apocalípticas con voz suave y premeditada. La trama daba para una megaproducción. Estados Unidos invadió Afganistán. Un sofisticado ejército se movilizó para desactivar una organización criminal. Una invasión se anunciaba como un operativo realizado por personal capacitado para solucionar problemas. Los buenos muchachos ya están a cargo. Comenzaba el tiempo de los expertos.

A mediados del año 2002, ya era normal que las autoridades mexicanas contrataran militares para combatir la delincuencia. Gámiz se licenció de la Armada para aceptar un empleo como jefe de la policía ministerial en cierta ciudad tropical al sur de la República. Los políticos que lo contrataron apreciaban más sus dotes para la contrainsurgencia que su presunta eficacia atrapando delincuentes comunes. El kaibil mostró que dominaba eficaces métodos para perseguir, interrogar y desaparecer dirigentes opositores al régimen.

Axioma del kaibil: "Para el kaibil, lo posible está hecho, lo imposible se hará".

En sus ratos libres traficaba rifles de asalto. Los gobiernos no eran los únicos que estaban contratando kaibiles. Y los cárteles pagaban más.

Entonces estalló aquello. Llevaba décadas bullendo bajo el subsuelo y al final ascendió bruscamente a la superficie. El gobierno lo anunció como una guerra del Estado mexicano contra el crimen organizado. En realidad era una guerra de múltiples frentes entre diversas organizaciones criminales, con el gobierno involucrado en todos los niveles, en todos los bandos. Policías, ejército y marina, jueces, diputados, alcaldes, gobernadores, agencias de Estados Unidos, todos participaban en la guerra. La práctica de la ejecución se transformó en una industria pujante. El territorio nacional se volvió un moridero.

Lo que le ocurrió a Ignacio Gámiz puede sucederle a cualquier persona involucrada en una guerra sin cuartel: se colocó en el bando equivocado. El cártel enemigo, más poderoso, invadió la región, y en dos meses descabezaron (literalmente) la organización que lo protegía. Los que quedaron de pie cayeron en manos de la Agencia Federal de Investigación. El kaibil salió bien librado gracias a sus conexiones con la CIA. Dejó una escueta renuncia sobre su escritorio.

La carnicería continuó. Cuando Gámiz llegó a instalarse en Ciudad de México, la capital era lo más parecido a un territorio neutral. Los más feroces bandos criminales efectuaban sus operaciones de cuello blanco y se entrecruzaban en un frágil estado de tregua. El kaibil tenía la intención de moverse con bajo perfil, mientras conseguía una alianza que le proporcionara seguridad. Necesitaba un trabajo de pantalla, así que desempolvó su currículum. Aunque para entonces ya se registraba una sobreoferta de expertos en las corporaciones policíacas, encontró una interesante oportunidad en el pujante campo de la seguridad privada. Tras una breve entrevista, obtuvo el puesto de director operativo en Protekta. Poseía el perfil preciso para llevar a cabo tácticas discretas y extremadamente disuasivas. Así pasaron unos años. A la luz del día, Gámiz aterrorizaba reporteros de notichismes. Por la noche utilizaba las instalaciones y los vehículos de Protekta como pantalla para distribuir armas en el D.F. Axioma del kaibil: "Siempre atacar, siempre avanzar". Entonces se le aproximó Marieta con transparencias de seda y encajes negros. Fue en la sala del condominio en Santa Fe. Ella había llamado al jefe de escoltas con la excusa de una consulta sobre seguridad. El viudo sucumbió a los artificiosos encantos de un ícono trasnacional del deseo. Fue como trasladar su existencia a un videoclip para adultos. Sus agudos sentidos de supervivencia se adormecieron bajo el influjo de una melodía pegajosa. Los dieciocho años de diferencia fueron barridos por un torrente de vitalidad e insensatez. Eran dos figuras de acción. Tal vez en eso se parecían. No solían pensarse las cosas más de una vez. Gámiz descuidó sus negocios nocturnos. Fumaba desnudo entre osos de peluche gigantes cuando recibió la llamada de un tipo conocido como el Querubín.

Leonardo Montana, alias *el Querubín*, jefe máximo de los Querubines, banda de capital variable, robos de autos y asaltos a negocios que controlaba Iztapalapa y sus inmediaciones, era uno de los principales clientes de Gámiz, y además era un tipo enorme, rollizo, calvo, rosáceo y de cuello corto. Llevaba a cabo todas sus operaciones en coordinación con mandos centrales de la policía, específicamente con el comandante operativo. Nombre clave: R11. El Querubín aportaba una cuota mensual a los mandos a cambio de que R11 colocara a sus elementos en lugares apartados de la acción. Intercambiaban información y favores con normalidad, hasta aquella fatídica mañana de martes. Los Querubines pretendían secuestrar al joven Wilfrido Bayardo, hijo de Sigfrido Bayardo, propietario de una empresa trasnacional que fabrica pastelillos. En calzada Las Águilas interceptaron la camioneta que transportaba al *junior*. La idea original consistía en acribillar a los escoltas con balas antiblindaje, sustraer a la víctima y exigirle a Sigfrido muchísimos millones en efectivo. Al parecer hubo un error de cálculo. Los plagiarios se excedieron con el poder de fuego. Un proyectil de nueve milímetros perforó el cráneo del muchacho.

El Querubín no obtuvo ese apodo debido a su apariencia de bebé mutante, sino porque reacciona con atronadores berrinches cuando algo lo contraría. Amenazó a sus esbirros con hacerlos tiras y les aseguró que eran los delincuentes más incompetentes que había conocido. Después ordenó que se deshicieran del cadáver. Ofuscados, los Querubines arrojaron a Wilfrido en el canal de Chalco. La policía del D.F. halló el cuerpo tres días después.

El impacto mediático fue de proporciones trasnacionales. Sigfrido Bayardo fue a los foros de televisión y denunció la indolencia ante la impunidad y la inseguridad imperantes en el país. Su voz entrecortada tocó fibras sensibles en horarios estelares. La indignación de la burguesía se transformó en activismo y un grupo de vecinas de Las Lomas formaron el Comité de Señoras Indignadas de Las Lomas, se vistieron de blanco, se movilizaron en las calles, prendieron veladoras y exigieron más policías y más presupuesto para equipar mejor a los policías. Los comentaristas demandaban acciones contundentes para abatir la terrible inseguridad, los magnates donaban millones para campañas de concientización, los editorialistas de los diarios les daban la razón, los políticos les daban la razón, los criminales les daban la razón. Aquello era un caudal inagotable de voluntad política.

Al siguiente día del macabro hallazgo, R11 llamó al Querubín y le describió así la situación: los magnates industriales presionaban a los medios, los medios presionaban a los políticos y los políticos no paraban de chingar a los mandos policíacos. Se requería un culpable en calidad de urgente. El encargo para Montana era indicar al sujeto adecuado para representar al responsable confeso del asesinato de Wilfrido Bayardo. El Querubín respondió que él no era ningún pinche chiva. R11 le aclaró que sólo hacía falta ponerle el dedo a un presunto convincente. La comandancia operativa podía hacerse cargo de la confesión. R11 es altamente valorado en la corporación por sus dotes de realizador. Es un especialista en la fabricación de culpables, pero en ese momento necesitaba que alguien se hiciera cargo del *casting*.

El Querubín pensó entonces en su proveedor de armas, un desertor de la armada que operaba de modo independiente, arrogante ex chota con fama de asesino a sangre fría. El personaje le quedaba perfecto. No es que Montana guardara rencores personales contra Gámiz.

El hecho es que su deuda con el proveedor de armas se estaba volviendo insostenible.

R11 aceptó el reto creativo. Por tratarse de un ex oficial, haría falta un buen golpe de efecto, alguna evidencia mediática. Para eso, el comandante operativo contactó a Simón Pérez, conocido en los bajos fondos como el Chantajista de las Estrellas, y le encomendó la vigilancia permanente del kaibil. Pérez se negó, alegando que una cosa era extorsionar personalidades y otra muy diferente era espiar a un traficante asesino. R11 le sugirió que escogiera el reclusorio en el que se hospedaría por los próximos treinta años.

Simón Pérez montó el operativo de espionaje más elaborado de su breve carrera como extorsionador. No consiguió una sola prueba de que el kaibil vendiera armas, pero obtuvo las lúbricas instantáneas que ahora reposan, enigmáticas y sugerentes, sobre el escritorio de Mac Cervantes.

Pasaron unos días, la tensión en los medios se incrementaba y R11 optó por incursionar en la no ficción. Volvió a llamar a Pérez. Esta vez la propuesta de producción se basaba en un argumento lineal, sin subtramas. Sinopsis: Montana llama a su proveedor y le propone una considerable venta de armas, Gámiz acude a la cita con un arsenal en su asiento trasero y muestra la mercancía a los Querubines, en ese momento irrumpen los escuadrones de R11, y en una entrada épica detienen a Gámiz mientras Montana y sus secuaces se escurren por una puerta trasera. Pérez debía registrar cada uno de los movimientos de Ignacio Gámiz durante la compraventa, evitando que Montana saliera a cuadro. La cinta debía quedar editada de inmediato, lista para entregarse a los noticiarios nocturnos.

A Pérez no le quedaban opciones. Al Querubín tampoco le fascinaba la idea. De cualquier modo llamó a Gámiz solicitando un extenso surtido de metralletas. El kaibil respondió, entre bostezos, que la mercancía estaba temporalmente agotada. Montana insistió. Mencionó que tenía dinero y que era momento de liquidar las cuentas pendientes. Eso tentó a Gámiz. Acordaron efectuar la transacción en el estacionamiento del centro comercial Plaza Inn, en donde previamente Simón Pérez había colocado un sistema de cámaras ocultas, controladas y monitoreadas desde una camioneta, a unos cuantos metros del punto de reunión.

Lo que sucedió esa noche quedará como una magnífica lección para novatos en el espionaje de alta tecnología. Si quieres que las cosas salgan a la perfección, la mejor alternativa es conseguir equipo israelí. El Mossad ha logrado combinar lo mejor de dos mundos: la paranoia de la CIA y lo obsesivo de la KGB. Los israelíes, claro, no le venden a cualquiera. Está la tecnología americana, accesible en cualquier Walmart de Texas, eficaz aunque indiscreta, y muy cara en comparación con los beneficios. Si tu operativo está sujeto al bajo presupuesto, busca a los rusos, la Bratva aún vende equipo descontinuado del Departamento Central de Inteligencia a precios de remate. Por su lado, los chechenos ofrecen antiguo equipo soviético pero, por favor, no te metas con los chechenos. El mismo equipo soviético podría obtenerse a través de proveedores de Hezbolá, aunque negociar con chiitas es como dialogar con Mahoma en persona. Siempre tienen la razón. Si no eres musulmán ni lo intentes. Lo que bajo ninguna circunstancia debes hacer, es lo que hizo Pérez en un local de Plaza Meave: adquirir equipo chino. Si vas a colocarle una trampa a un soldado de élite, no hay lugar para los imprevistos.

Gámiz llegó a Plaza Inn en un auto cargado con rifles suficientes para invadir Belice, y una beretta automática enfundada en la sobaquera. En el estacionamiento lo esperaban Montana y tres de sus matones. Todos se saludaron con la desconfianza habitual. El Querubín cargaba un portafolios negro. Le costaba entrar en carácter. Intentaba no aparentar demasiada tranquilidad. Algo así. Gámiz pidió ver el dinero. Al borde del pánico escénico, Montana dijo que primero debían revisar el cargamento. Eso fue raro. Gámiz replicó que sus armas estaban garantizadas, y que cuándo habían existido motivos de queja. Montana aclaró que últimamente habían salido embarques con armas defectuosas, que sólo deseaba cerciorarse, bastaba con mirar un par de cartucheras. Raro.

Los equipos de espionaje chinos son los más baratos del mercado global. Básicamente se trata de tecnología americana fabricada con materiales baratos y mano de obra desesperada. El kit viene con toda clase de accesorios y aplicaciones que no cualquier usuario puede manejar, como los fotosensores de las cámaras, que al captar actividad anormal, envían la información a un *software* que a su vez activa los lentes para que la cámara gire la lente y enfoque el objetivo. Un prodigio de microtecnología, con materiales baratos y el instructivo en chino.

Gámiz abrió su cajuela para mostrar la mercancía. Uno de los Querubines tomó un rifle Galil, lo sopesó y cortó cartucho. En ese preciso instante, una de las camaritas se movió, produciendo un *clac* apenas perceptible.

La primera fase del entrenamiento kaibil consiste en tres semanas de instrucción teórica y entrenamiento práctico. En el terreno, cada detalle insignificante, cada leve movimiento aporta conocimiento sobre el entorno. Todos los hechos están relacionados entre sí. En lengua mam, un kaibil es un hombre con la astucia del jaguar.

Análisis de la situación: Cuatro sicarios experimentados con la pistola enfundada, dos a la izquierda revisando el cargamento, los otros dos al frente, uno de ellos es el líder, una microcámara mal disimulada acaba de girar la lente.

En un instante, Gámiz vio pasar la película entera: sonríe, vas a salir en televisión.

Axioma del kaibil: "El ataque de un kaibil será planeado con secreto, seguridad y astucia. Lo conducirá con fuerza, vigor y agresividad".

Desenfundó la beretta y abatió a dos Querubines con los dos primeros tiros. Montana y el matón sobreviviente se parapetaron detrás de las puertas de su camioneta. Cuando lograron colocarse en posición de disparar, Gámiz ya no estaba a la vista. Era como si nunca hubiera estado ahí.

Axioma del kaibil: "El arma fundamental del kaibil es la sorpresa".

El tercer querubín cayó sin emitir quejas, acuchillado por la espalda. Montana, confundido, volteaba para todos lados cuando recibió un disparo en la nuca.

Muy cerca de ahí, en una camioneta blanca sin ventanas, temblando como una musaraña en su escondrijo, Simón Pérez registraba las acciones, contemplando su futuro incierto en los monitores.

El kaibil abandonó la escena con el reptante sigilo de una nauyaca, mientras escuchaba el ulular de las sirenas acercándose. Dio por perdido su arsenal.

En unos minutos R11 tomó el control del lugar. Estaba furioso. Había preparado las cosas para protagonizar una captura espectacular, y ahora en lugar de eso tenía los cadáveres de sus aliados en Iztapalapa, tendidos sobre el concreto hidráulico. La relación de hechos entre aquel regadero y el secuestro de Wilfrido, aunque cierta, sonaba más bien inverosímil. El Querubín resultó ser un pésimo coprotagonista. La escena se había arruinado. Estaba tan encabronado que se olvidó de Simón Pérez. La policía del sector acordonó el área y más tarde reportó un enfrentamiento entre bandas locales, con un saldo de cuatro criminales asesinados. No se mencionó el arsenal. Dado el calibre de la información que se publicaba en esos días, aquella fue una nota al margen.

Gámiz caminó velozmente por Insurgentes, subió corriendo por Altavista y en Barranca del Muerto tomó un taxi que lo condujo directamente al departamento en Santa Fe. Quería despedirse. Al menos eso se dijo a sí mismo. Debía largarse lo más lejos posible y borrar minuciosamente sus huellas. De cualquier modo ya se consideraba un sentenciado a muerte. Frente a Marieta usó frases que jamás pensó usar, como: "No me esperes" o "A veces las cosas son así". Entonces ella le propuso tomar juntos un *jet* privado, viajar de incógnito al departamento de Cancún.

¿Pueden acaso los especialistas explicar los arrebatos amorosos de una estrella del pop?

Gámiz dio por buena una idea deliberadamente pueril, como si Cancún estuviera próximo a las Polinesias. Fue un error, pero seamos francos, en los altos tribunales de la estupidez universal, el hecho de que alguien que ha vendido diez millones de discos te invite a su *penthouse* con vista al mar, debe ser una circunstancia atenuante.

Aquella noche Simón Pérez permaneció oculto, tendido en el piso de la camioneta hasta que se retiró del lugar el último perito del Ministerio Público. Abandonó el estacionamiento al filo de la madrugada, caminando a hurtadillas. Días después contactó a Mac Cervantes y le vendió las fotos de Marieta. Necesitaba el dinero para borrarse del mapa.

El Comité de Señoras Indignadas de Las Lomas continuó manifestando airadamente sus exigencias ante los medios masivos de comunicación.

Donde las ondas electromagnéticas se transforman en dinero

Hay un lugar reservado para el Mini Cooper de Mac Cervantes en el estacionamiento de Telemanía San Jerónimo, en el área asignada específicamente a directivos de filiales. Desde el ingreso, el edificio inteligente activa un sutil mecanismo automático de control social, señalando el preciso lugar del visitante en un orden jerárquico. No hay problema. Si este es el olimpo tropical de los dioses televisados, el periodista también es un dios, un pequeño dios pagano, imperfecto, de lengua bífida, con las orejas calientes y peludas de un sátiro. Hay guardias con logotipos fosforescentes en las solapas. Está bien.

Las salidas del estacionamiento conducen a una calzada peatonal que atraviesa las instalaciones de norte a sur. Al oriente se alinean los foros de producción y transmisión en vivo, conglomerados de módulos cúbicos desplazables, flexibles espacios de representación del mundo que tornan indescifrable la arquitectura. El tiempo se comprime y se expande en el interior de esos foros. Lo que sucede se registra, y el tiempo se transforma en archivos electrónicos. Es la economía de las actitudes ensayadas. La sensación de neurosis colectiva se percibe entre una esencia de perfumes franceses, aserrín, desinfectante industrial y pintura acrílica.

Al poniente de la calzada, sobre el extremo sur, se encuentran los estudios de postproducción. Ahí los registros se seleccionan y se ordenan. Las imágenes y los sonidos se depuran en atmósferas aisladas. Una vez empaquetado en formatos digitales, el producto se envía a la omnipresente torre de transmisiones, donde será decodificado y emitido en ondas electromagnéticas.

Caminando hacia el norte se llega al área administrativa. San Jerónimo es el centro corporativo de la cadena, sede del Consejo de Administración y de las Vicepresidencias. Aquí es donde las ondas electromagnéticas se transforman en dinero. En la Vicepresidencia de Publicaciones el medio ambiente se modifica bruscamente. El clima es templado, las voces son discretas y la alfombra es mullida como la piel de un mamífero prehistórico. El visitante que la pisa se siente igual que un parásito. La recepcionista es una rubia oxigenada y cuarentona, acorazada con vistosa joyería de plástico fino. En el despacho de Vicepresidencia hay un gran candil, paredes forradas de cedro y sillones de cuero teñidos de un color naranja que chilla de entusiasmo. Pepe Ortigoza está justo al centro, de pie, como si posara de tres cuartos para la portada de *Expansión*.

–Llegaste, Mac, perfecto.

El vicepresidente asume que cada suceso previsible es un indicio de que las cosas van bien, muy bien.

—Es un placer verte, Pepe, como siempre.
—Toma asiento, por favor. ¿Café?
—Té helado, gracias.

El periodista ocupa un sillón cómodo, anaranjado, fresco y entusiasta.

—Supongo que querrás saber cómo nos fue en la junta de esta mañana, ¿no?
—Suena interesantísimo.

El vicepresidente dirige su mirada al candil. De pronto la sonrisa optimista se transforma en un gesto de aprehensión.

—El pueblo de México, mi querido Mac, quedó profundamente conmovido por la foto que ustedes publicaron esta mañana.

"Malasia", piensa Cervantes. Ha escuchado hablar maravillas sobre las putas malayas. Cuando Ortigoza habla del "pueblo de México", se refiere específicamente al *rating*.

—Porque el tema —continúa el vicepresidente— no es un cruce de intereses entre la empresa y una de sus artistas. El tema es el pueblo, Mac...

Pausa para denotar que estamos a punto de conocer algo esencial.

—Esta mañana acudí a la junta de ejecutivos y hablamos a profundidad acerca del sufrido pueblo mexicano. La desgracia que ahora le ocurre a nuestra amiga es sólo una gota que desborda el vaso de nuestra idiosincrasia. ¿Que está viendo la gente en sus televisores, Mac? ¿Violencia? ¿Crimen organizado? ¿Desempleo? ¿Qué siente,

Mac? ¿Miedo? ¿Frustración? ¿Resentimiento? ¿Desesperanza?

Pausa para meditar sobre los hondos pesares de la patria.

—Sí, desgraciadamente eso es lo que vivimos día con día...

Y en seguida la preocupación del vicepresidente se transforma en una pose reflexiva.

—...Pero hay una gran paradoja, Mac. Son estas grandes tragedias las que nos retan a mirar hacia adelante, a quitarnos la venda de los ojos, nos ayudan a ser grandes, ¿sí me entiendes?

Pausa para corroborar que Mac entendió. El periodista asiente con entusiasta servilismo. El vicepresidente eleva el tono, alza sus dedos de conferenciante y se pone asertivo.

—Y sólo mirando hacia adelante será posible cambiar. Porque debemos cambiar, Mac. Debemos encontrar el camino. Un camino, sí, lleno de obstáculos para sortear, pero también un camino que nos conduzca a la mentalidad ganadora, al espíritu competitivo, a las sinergias, al liderazgo. ¿Sabes, Mac? Soy un convencido de que la principal tarea de esta empresa es la de colaborar, mostrándole a México el camino del éxito. Esa es la misión. Estamos pasando por uno de los más grandes desafíos de nuestra historia. Tal vez no sea posible cambiar las cosas de la noche a la mañana, pero podemos colocar un grano de arena, un magnífico grano de arena. Es tiempo de dejar atrás los complejos, las críticas

destructivas y los resentimientos. Es tiempo de trabajar hombro con hombro, todos juntos contra la ignorancia, la corrupción, la impunidad, la inseguridad... Esa es la visión, Mac.
—Tus palabras son tan inspiradoras, Pepe.
—Hoy me siento particularmente inspirado. Tania Monroy será nuestra inspiración. Escucha, Mac: haremos un reality. ¿Has leído algo sobre células madre?
—Por supuesto. Las usan para hacer cremas.

La fuente bibliográfica de Mac es un publireportaje de *Farándula*.

—Bueno, te explico. Contactamos a este brillantísimo científico, un tal Quish Karwinski, trabajó para la NASA, ha sido candidato al Nobel, en resumen, un genio.

Pausa dedicada a los asombrosos contactos del vicepresidente. El periodista se pregunta qué parte le toca de todo el sermón.

—El doctor Karwinski ha desarrollado un procedimiento de regeneración de tejidos basado en células madre. Es lo último en implantes reconstructivos.

Pausa para enfatizar que lo último será siempre lo mejor, si usas los tecnicismos adecuados.

—Ya revisaron el historial clínico de Tania. Karwinski nos garantiza que puede reconstruir completamente la nariz de la diva en una semana. Es justo el tiempo que durará el *show*. Vamos a transmitir en vivo el tratamiento y la intervención. Añadiremos un memorial de archivo con momentos inolvidables de la Monroy, mientras desfilan las grandes celebridades que han trabajado junto a ella. Terminamos con un concierto espectacular en el Estadio Azteca. ¿Qué opinas, Mac?

—Me dejas impactado, Pepe, es brillante.

—¿Verdad? Lo presentamos en la junta de Consejo y les fascinó. Incluso conseguimos que Conrado le envíe un mensaje a Tania para aclararle que no tiene opciones. La producción estará a cargo de Raymundo Wu. ¿Lo conoces?

—Quién no ha oído hablar de Wu.

—Lo trajimos directamente desde Nueva York. Para las emisiones especiales la cadena apostará los horarios estelares. Habrá cobertura total durante toda la promoción... Seguramente te estás preguntando qué tienes que ver tú con todo esto, ¿verdad?

—Tu perspicacia me sorprende.

—Tú, Mac, entrevistarás a la Monroy durante su reaparición musical en el Estadio Azteca, en el episodio final de *Tania de todos, el reality*, en vivo, frente a cien mil personas. Será una transmisión vía satélite a todas nuestras filiales. Inyectarás algunos miligramos de optimismo en las arterias de esta sociedad, Mac. Tú y yo vamos a ayudar a salir adelante a esta hermosa nación de playas paradisíacas, pirámides, cenotes misteriosos... ¿Qué te parece?

Dadas las circunstancias, entrevistar a Tania resulta equivalente a acariciar una criatura ponzoñosa. Por otro lado, es una oportunidad seria de salir a cuadro. Los horarios estelares oscilan entre las ocho y las once de la noche, cuando un descomunal ejército de asalariados está buscando olvidarse de ese día de mierda en la oficina. "Cobertura total" significa publicidad invasiva: anuncios espectaculares, propaganda en autobuses, publicaciones especiales, espots, reportajes en los noticiarios. Todo habitante del país, aún sin desearlo, sabrá que la Diva de México está pasando por un drama de la vida real y un milagro de la ciencia aplicada, y podrá constatarlo a través de la transmisión continua las veinticuatro horas por televisión de paga.

—¿Cuándo comenzamos?

Al vicepresidente de Publicaciones le importa un bledo lo que pueda sucederle a uno de sus directivos. Incluso el personal de intendencia está enterado de la guerra corporativa entre los grupos antagónicos encabezados por Pepe Ortigoza y Antulio Ayub, vicepresidente de Programación. El cisma surgió como efecto de las rápidas transformaciones que ocurren en la industria. La televisión abierta muestra síntomas de crisis mientras los canales de paga y los medios digitales crecen devorando grandes segmentos del mercado. Telemanía es como un crucero de pensionados rodeado por veloces lanchas artilladas, una organización gigantesca cuya finalidad original es entretener masas empobrecidas, y que ahora parece incapaz de modificar sus fórmulas. Ya el puro concepto de "entretener" implica un peso descomunal. Hasta ahora, el recurso desesperado ha sido la exageración en los contenidos, la bufonería más patética, otra vuelta de tuerca, hacer las cosas aún más obvias: *Sábado especial*.

El grupo de Ortigoza pretende apostar por la fusión con una de las cadenas fuertes en el mercado hispano de Estados Unidos, buscar la expansión global como corporativo mediático omnipresente y diversificar los servicios. Por su parte, el grupo de Ayub propone enfocarse en los mercados locales, mantener el control del negocio electoral y afianzar un monopolio mexicano que aplaste a la competencia, o que por lo menos la reduzca a conciertos de marimba y documentales sobre pandas gigantes. Ambos grupos han invertido miles de millones en sus respectivas áreas de negocios. Se disputan cada puesto clave y cada minuto de transmisión de la cadena. Dependiendo de la Dirección que tome el corporativo, uno de los dos ejecutivos podría perfilarse como serio candidato para suceder a Basilio Conrado, quien sigue capturando marlines en Mar de Cortés, esperando tranquilamente a que sus subordinados terminen de despedazarse entre ellos.

Durante la última junta del Consejo, Ayub planeaba atacar por sorpresa y terminó recibiendo el primer golpe. Ortigoza vendió en menos de quince minutos la idea de *Tania de todos, el reality*, con jovial pedantería y una presentación en Power Point. Ayub opina que el vicepresidente de Publicaciones es un imbécil con iniciativa. Ortigoza opina que el vicepresidente de Programación es un cavernícola. Aunque de algún modo ambos tienen razón, detrás de estas viles intrigas de oficina entran en juego intereses descomunales. Ortigoza factura tres veces más que el total restante de la industria editorial nacional. En la nómina de Everio Conrado, vicepresidente jurídico, se leen los nombres de ciento cuarenta diputados federales, seis senadores y toda la Comisión Federal de Telecomunicaciones. Carlos Román, vicepresidente administrativo, es el zar nacional de las pizzas a domicilio con siete mil sucursales en todo el país. Rómulo Akabani, vicepresidente de Información, tiene un gesto peculiar al referirse a ciertas figuras públicas: se pasa el dedo índice por el pescuezo. Eso significa que se ha tomado una determinación. La figura pública saldrá de la pantalla, así: ZAP. Si la aparición es inevitable, colocarán un *blur* digital que vuelva indistinguible la figura. El mundo tangible es sólo lo que sale a cuadro. Si no estás a cuadro no existes. Así es como se toma el control de la política y se instaura la *ratingcracia*. Los partidos políticos invierten la mayoría de sus fondos de promoción en campañas televisadas. Los discursos se escriben en las agencias de publicidad. Conrado suele comentar, en privado, que no gobierna personalmente este país porque la política es un tema de mal gusto. Se ve más fácil manipular al Estado desde la popa de su yate, que desde la residencia de Los Pinos.

Telemanía: familia, amor, fervor y aspiraciones por las tardes, sorteos por la noche, productos milagrosos de madrugada, yoga, tratamientos de belleza y recetarios al llegar la mañana, en tus foros encomendamos el mundo simbólico. Telemanía es una compleja corporación trasnacional capaz de alterar la genética de un jerbo, colocarle una túnica y convertirlo en líder espiritual. Vía satélite, las decisiones de sus ejecutivos afectan el orden cósmico. Telemanía ejerce su verdadero poder construyendo una versión privada del mundo, fabricando simulacros, haciendo de la sociedad un set desmontable. La realidad que despliega la cadena no desaparece al apagar el televisor. Claro que pueden colocarle una nariz nueva a Tania Monroy.

—Esto es lo que yo hago por salvar el cuello de mi gente, Mac. Es el método Ortigoza para salir de un problema por la puerta grande. Será fabuloso, ya lo verás. Que tu gente hable con mi gente. Preparemos el terreno. ¿Sabes qué queremos? Queremos un serial de reportajes sobre los grandes momentos de la diva, sus amores, sus éxitos, todo lo que la ha convertido en un ídolo del pueblo. La registraremos en sus mejores ángulos. ¡Eso! Trataremos a Tania Monroy... como a una diosa azteca.

Cuando Pepe Ortigoza habla de sí mismo en plural, se refiere a una voluntad metafísica que abarca la cadena entera.

—Lo que tú digas, Pepe.
—Invertí dinero en esto, Mac.

Ortigoza mira hacia algún punto indefinido de su librero, un nítido horizonte de éxito absoluto. La reunión ha terminado. Jamás llegó el té helado. Mac Cervantes sale de Vicepresidencia con la mente flotando entre densas y anestésicas nubes de reconocimiento público. Si no sales a cuadro no existes. Hay una misión y una visión. Mac Cervantes, periodista de espectáculos, anhela suceder. Vibra el celular.

—Susi.

—¿Dónde estás, Mac? Te estás perdiendo toda la diversión. Ahora es el doctor Erástegui quien no para de hablar. No pensé que hubiera un vocabulario tan extenso para referirse a la demencia.

—Susi, entiendo que te obsesiones con el tema, pero debo mencionarte que habrá un cambio de estrategia. Vamos a publicar un número especial sobre la Diva de México. Escribiremos notas que informen a nuestros lectores sobre lo fabulosa que es esta mujer. Nada de cirujanos y nada de narices desaparecidas. A partir de ahora, Tania será nuestra diosa azteca.

—Claro, es una bestia sedienta de sangre. ¿Sabes que tiene un tigre albino en su jardín trasero?

—Susi, por favor, no es momento para la ecología.

—Bueno, dime, ¿qué pócima les suministró la bruja Monroy?

—Me alegra que lo preguntes. La siguiente operación de nuestra rutilante estrella se realizará en el foro 4 de San Jerónimo. Harán un reality.

—Es lo más idiota que he escuchado esta mañana, y créeme que he escuchado bastantes idioteces.

—Puede ser, pero el proyecto convenció al Consejo de Administración.

—Los millonarios compran cualquier cosa. Aunque pensándolo bien, tiene sentido, ¿recuerdas a Jade Goody, la chica británica que ofreció venderle a la BBC la exclusiva de su cáncer terminal? Sus últimos minutos llegaron a cotizarse en cuatrocientos millones de libras esterlinas.

—Ah, los ingleses. Nada mal para un último suspiro. Susi, encárgate de todo. No me esperen por la tarde, estaré ocupado. Resulta que ahora tengo que realizar entrevistas para la televisión. Como si tuviera todo el tiempo. Estos ejecutivos creen que uno es su esclavo.

—Sí, supongo, una pesadilla.

—Adiós, Susi.

—Adiós, Mac.

Foquitos rojos

Antulio Ayub, vicepresidente de Programación de Telemanía, emite un sonoro bufido mientras contempla los letreros que aparecen en la pantalla de su computadora personal.

GLOBAL BROKERS
CONVIÉRTASE EN OPERADOR PROFESIONAL
FUTUROS EN TIEMPO REAL

> Obtenga acceso instantáneo y gratuito a las cotizaciones en tiempo real de los futuros en *commodities*. Las cotizaciones están disponibles para todo tipo de futuros: oro, petróleo crudo, plata, cobre, energías alternativas y futuros suaves. Encontrará el último precio, así como los altos y bajos diarios, y las variaciones para cada futuro. El precio base es el último precio al cierre para cada contrato (a las 16:30 *Eastern Time*). El cambio es calculado desde el precio base.

El primer paso es admitirlo: Ayub es un yonqui de los créditos tóxicos, un consumidor crónico de acciones volátiles. En los últimos meses, a espaldas de sus asesores financieros, su terapeuta y su familia, invirtió su fortuna personal en mercados de riesgo. Y al principio las cosas salieron bien. Los productos inexistentes eran un modo sencillo de hacer dinero rápido. Después, un desbordamiento de las carteras vencidas en las compañías crediticias causó una prolongada falta de liquidez en la industria de la construcción, lo que provocó un contagio de quiebras en diversos sectores del mercado, el sistema bursátil colapsó y la economía global entró en recesión. Es sábado por la mañana y las acciones de futuros siguen cotizadas por los suelos. Ayub es poseedor de miles de bonos chatarra. Para ser precisos, la atención del vicepresidente se concentra en un letrero pequeño, ubicado en la esquina inferior derecha de su pantalla:

> Global Brokers es de alto riesgo. Las pérdidas pueden superar su depósito inicial.

Pero no es la pérdida de unos millones lo que le provoca un humor negro, sino el hecho de que el Consejo de Administración haya aceptado el absurdo proyecto propuesto por Ortigoza. Aquel imbécil con iniciativa se atrevió a meter las narices en cuestiones que competen exclusivamente al área de Programación, y eso resulta aún más irritante que una catástrofe bursátil.

De súbito la computadora comienza a emitir un sonido alarmante. En la pantalla aparece una señal de emergencia con unos círculos rojos parpadeantes. En programación, a tal fenómeno se le conoce como "los foquitos rojos". Se encienden en cada terminal de la red interna, indicando el momento justo en que el *rating* de un programa es tan bajo, que los ingresos de la producción no alcanzarían ni para pagar el rímel de las bailarinas. Si eso sucede, algunas personas tendrán que sufrir. Ese es trabajo de Ayub.

Los índices de *rating* se obtienen midiendo el porcentaje de televidentes que miran un canal específico en un horario determinado. Lo que paga una empresa al anunciarse en Telemanía, se basa en ese porcentaje. Los puntos porcentuales representan la unidad de medida convertible a valor monetario. Los segmentos de tiempo publicitario son la mercancía. El público no pasa de ser materia prima.

El vicepresidente sale de su oficina y avanza cual toro en estampida hacia el centro de monitoreo, abriéndose paso entre oficinistas que corren de un lado a otro en un estado de pánico ligeramente dramatizado, como tripulantes de un submarino en ruta de colisión. Esto ocurre cada vez que se encienden los foquitos rojos.

En el centro de monitoreo hay un gran panel de pantallas exhibiendo en vivo todas las emisiones de la cadena. Debajo de cada pantalla, unas gráficas de barras muestran los índices de *rating*, proporcionados minuto a minuto por Servimetría, la filial del corporativo encargada de estudiar al público televidente.

—¡Y VOLVEEEEEEEEMOS CON EL SABATINO NÚMERO UNO DE LA TELEVISIÓN HISPANOAMERICAAAAAAANA!

Para medir índices en tiempo real, Servimetría selecciona una muestra aleatoria de hogares en cuyos televisores coloca dispositivos electrónicos que automáticamente registran y reportan los canales sintonizados. Los datos resultan indispensables para fijar las tarifas por publicidad y los costos de producción.

Los ejecutivos de la cadena calcularon que el poderío de *Sábado especial* resistiría por pura inercia, y Tony Vela, quien ha sobrevivido más de cien emisiones con la misma sonrisa tiesa, mirando a Tania con ojos exageradamente abiertos, ahora sólo atina a voltear hacia la cámara para exclamar cosas como: SUBA COMO LA ESPUMA, CON DETERGENTE... Sin la Monroy, Tony se comporta como un baúl olvidado a la mitad del foro.

Además de medir los índices de *rating*, Servimetría analiza y clasifica este complejo material industrial que llamamos público. No basta con conocer el perfil de consumidor de los televidentes, cuánto ganan, cuánto deben, qué desean, qué necesitan y qué pueden comprar. También es preciso formular preguntas específicas respecto al carácter de esas personas: quiénes suponen que son, a qué aspiran, cuáles son sus miedos, creencias, frustraciones, dolencias físicas, complejos, afectos. Con esa información es posible condicionar deseos, carencias, compulsiones. Así se producen los modelos exactos de consumidor que las industrias demandan para colocar cada uno de sus productos en el mercado.

—Llamen a Mancera, ¡ahora! –ruge el vicepresidente de Programación.

Un diligente yupi marca el número. El productor de *Sábado especial* contesta de inmediato.

—Antulio, estoy a tus órdenes...

—Sí, claro que lo estás. Llamo para informarte que los números de tu programa acaban de caer en picada.

—Bueno, hasta cierto punto es normal, a estas alturas de la temporada suelen presentarse descensos...

—Por ahora he decidido no cancelar el programa. No lo hago por consideración a Tania, y obviamente tampoco creo que seas capaz de arreglar esto. Sucede que por ahora me conviene que tus tonterías sigan al aire, pero si no haces algo pronto, algo eficaz que suba la espuma del detergente, tengo sobre mi escritorio un finiquito de contrato que me encantaría mostrarte.

—No es necesario exagerar, Basilio. Estamos trabajando en eso. Justamente hoy contactamos una compañía de acróbatas húngaros...

—¿Lo ves? Ahí está el problema. Me parece que no estás enfocando las cosas del modo correcto. Por principio de cuentas necesitamos un buen par de tetas mientras Tania se recupera. ¿Ya has pensado en eso?

El productor Gustavo Mancera sabe perfectamente qué pasa cuando se encienden los foquitos rojos en las oficinas de Programación. En los últimos años sus proyectos han entrado y salido del aire como si fueran espots electorales. Sabe también que le queda escaso margen de maniobra. Esta vez debe atinar en el justo centro, antes de acabar grabando nuevamente anuncios de pañales. Mancera está harto de grabar bebés. Los aborrece. Odia el olor a aceite, las babas, los chillidos, las carantoñas que hacen las madres para conseguir la sonrisa y el tierno ademán que justifique el cheque. Haría cualquier cosa, haría infomerciales, haría hasta noticieros culturales antes de regresar a hacer comerciales para Baby Pure.

—Sí, claro, ya pensamos en Paty Ríos...

Paty ha invertido una fortuna en cirugías para obtener los senos más grandes de México, competir en Guinness y reparar los daños colaterales en costillares y columna vertebral.

—Imposible, está vetada —respondió Ayub.

—Bueno, también hemos platicado con Angélica Ruskova....

La hija de inmigrantes lituanos alcanzó el estrellato con papeles de colegiala y a sus treinta años sigue lamiendo paletas de cereza en las audiciones.

—Vetada.

—...¿Marlene Cruz?

De hechiceros ojos grises, Marlene es célebre por haber limpiado las cuentas bancarias de tres ex maridos futbolistas. Eso, una campaña de desodorantes femeninos y un rol secundario en *Aventurera*, conforman toda su trayectoria. Una adorable aspirante a vampiresa.

—Marlene es perfecta. Y otra cosa: haz que el Gallo se mueva, si es necesario colóquenle explosivos en los pantalones, pero que haga algo, por amor de Dios.

—No te preocupes Basilio, te aseguro que la próxima emisión será inolvidable.
—Créeme que eso no me preocupa en lo más mínimo.

Una combinación de gas mostaza y pirenol

El Cigüeñal retuerce su entumecimiento sobre el respaldo vinílico de su Maverick. Sus riñones no acaban de acomodarse. Por lo demás, hasta ahora las cosas han salido bien. De un día para otro ha registrado las apacibles rutinas de Mac Cervantes, consiguió una pistola calibre 38 en buenas condiciones, le adaptó un silenciador y eligió una posición a unos veinte metros del domicilio. Ahora aguarda emboscado tras el tablero de su auto. Su estado de salud le impide realizar esfuerzos considerables, así que la estrategia consiste en aguardar la llegada del periodista, aproximarse pistola en mano y acribillarlo en esta solitaria callejuela empedrada de Tizapán. Como en los buenos tiempos, el Cigüeñal viene dispuesto a sobrerreaccionar.

A unas cuantas cuadras de ahí, Mac Cervantes conduce rumbo a su domicilio sobre la ancestral calle de Amargura. Necesita relajarse. La semana ha sido intensa. Su regreso a la pantalla de vidrio significa un gran desafío que debe meditarse a profundidad. Por eso decidió volver temprano a casa. Una mente despejada es una mente lúcida. Vibra el celular.

—Susi.

—Hola, Mac. Lamento perturbar tu febril actividad, pero tu secretaria está a punto de enloquecer. Lleva horas tratando de localizarte, ¿no crees que deberías dejarle algún número telefónico, aunque sea para que no pierda las esperanzas?

—Ni me digas. He tenido un día terrible. Justo ahora debo asistir a una prueba de cámara, y es probable que después tengamos una cena de ejecutivos con la producción. Es una pesadilla. El *show* está por comenzar...

—Mac, llegó tu pase para los Hispano.

Los Hispano. Lo había olvidado. El Bello. La estrategia de postergación está llegando a su límite. Los pases para los Hispano son tarjetas con microcircuitos que contienen un código de acceso personal intransferible. Por supuesto que el Bello podría conseguir que alguien alterara esa tarjeta. El caso es que Cervantes no logra digerir la idea del *Bello* Roque surcando la alfombra roja como quien pasea en un yate-fiesta de Acapulco, ocupando el asiento designado para el director de *Farándula*, alisándose el cabello engomado con un peine de bolsillo marca Pirámide.

—Susi, hazme un favor, arregla eso... para ser exactos, ¿podrías ir en mi lugar?

—... ¿Estás seguro de lo que estás diciendo?

Las invitaciones a la entrega de los Hispano Awards se entregan expresamente a los líderes del negocio. *Fa-*

rándula sólo recibe un pase por evento. Susana Colmenares nunca ha asistido a una entrega.

—Por supuesto, Susi. Ve a Los Ángeles y cubre los premios de nuestra parte. Sé que harás un trabajo excelente.

—Mac, ¿estás bien?

—Perfectamente. Sucede que un compromiso impostergable me impide viajar mañana a Los Ángeles. Es todo.

—Bueno... si no hay alternativa. No sé si estemos a tiempo de solicitar el cambio, pero lo intentaré.

—Perfecto. ¿Algo más?

—Ayer Torrado consiguió sacar unas fotos de Lalo Vila bailando en una suite del Posada Vallarta, vestido con lencería roja de encaje, una diadema en el pelo y tacones de doce centímetros.

—¿Quién es Lalo Vila?

—Lalo Vila es un cantante de banda, aunque por ahora su faceta más rentable es la de estríper en centros nocturnos. Sospecho que esto podría darle un giro a su carrera.

—Probablemente.

—Oye, Mac.

—Dime, Susi.

—No te preocupes por nada. Yo me hago cargo.

Colmenares habla motivada por cierta emoción confusa. Lo que acaba de decir fue sincero. Bajo las hombreras de su saquito verde, fluye algo remotamente parecido al agradecimiento.

—Adiós, Susi.

—Adiós, Mac.

El Mini Cooper da vuelta en el crucero de Amargura y Berriozábal, y enfila hacia el portón eléctrico. Un paranoide no es necesariamente alguien atento a los detalles. Mac Cervantes oprime el botón del control remoto ubicado en la visera del auto. El portón de la cochera se desliza suavemente hacia arriba y de pronto se escuchan unos impactos secos: es el ruido de las balas incrustándose en la ventana blindada del Mini Cooper. El periodista voltea a su izquierda y distingue, confusamente, entre el plomo atrapado y las grietas del vidrio, la corbata de mantras sicodélicos que lleva puesta su agresor.

"¿Quién chingados se cree este pendejo?", piensa el Cigüeñal, "¿Luis Miguel?" La estrategia no contemplaba el blindaje. Casas intenta abrir la puerta. Tiene puesto el seguro.

—¡Bájate, hijo de la chingada! —ordena, inclinándose hacia la ventana. El agresor y la víctima se miran en un instante de pasmo, una milésima de quietud. Mac introduce la mano izquierda en el bolsillo de su pantalón y aprieta el cilindro de Victimizer 2001. El portón está completamente abierto.

—¡Baja el vidrio! ¡Baja el vidrio, cabrón!

Mac oprime un botón y la ventanilla desciende con serenidad electrónica. El miedo se percibe en el ambiente. El miedo huele a agua de colonia Sanborns. Y en un veloz movimiento, Mac dispara una descarga de gas en pleno rostro del Cigüeñal.

El Victimizer 2001 es una poderosa combinación de

gas mostaza y pirenol, una fórmula desarrollada en Bielorrusia hacia el final de la Guerra Fría. Mac adquirió el dispositivo de bolsillo en un *duty free* de Hong Kong. La eficacia del producto se demuestra con las convulsiones y la espuma gris que ahora sale por la boca del intoxicado. El periodista retoma el volante y conduce el Mini Cooper hacia la cochera. Las llantas rechinan.

El Cigüeñal queda a media calle, de rodillas sobre el pavimento, completamente desorientado. Quiere tocarse el rostro con las manos y no puede. Tampoco puede abrir los ojos. Sólo alcanza a percibir las ampollas que, poco a poco, se van formando en su epidermis.

Mientras tanto, detrás de un sistema automático de cámaras de vigilancia monitoreadas vía satélite, alarmas automáticas y triples cerraduras de aleación reforzada, el periodista concluye que lo sucedido, de un modo u otro, debe estar relacionado con las misteriosas imágenes sexuales de la cantante desaparecida. Ante semejante certeza, no tiene el menor sentido llamar a la policía. Vibra el celular.

—Roque.

—¿Qué pasa, Mac? Mi vuelo sale mañana por la mañana a Los Ángeles. Necesito esos pases ahora. Dime en dónde nos vemos.

Cuando una táctica llega a su límite, no queda más que seguir improvisando.

—Espera. Esto no es como tú crees. No es como ir a un partido de los Lakers.

—¿Qué quieres decir?

Un sudor frío recorre las sienes de Mac Cervantes, pero se mantiene sereno como la cabeza de Juárez.

–Toma ese avión a Los Ángeles, alquila una limusina, ponte algo elegante y dirígete al Latino Palace. Tu nombre está en la lista de entrada. Hay dos lugares para ti en los Hispano Awards.

–¿De verdad, Mac?

–Pisarás la alfombra roja, Roque.

–Tengo que colgar. Debo seleccionar un atuendo. ¿Crees que sería demasiado llamativa una limusina dorada?

–Sólo tienes que ser tú mismo.

–Estoy emocionado.

–Buen viaje, Roque.

Mac Cervantes sube al segundo piso de la casa y se asoma por la ventana que da a la calle. El atacante ha desaparecido.

El reality es cierto

En conferencia de prensa, Raymundo Wu anunció que el objetivo de la producción es llevar a *Tania de todos*, el *reality*, a la máxima expresión del género. A veinticuatro horas del arranque, parece que lo están consiguiendo. Los utileros estropearon un equipo de láser quirúrgico, los proveedores finlandeses se equivocaron con la medida de los depósitos de nitrógeno líquido y los reflectores del quirófano achicharraron uno de los centros de carga del Foro 4. Los ejecutivos de la empresa aparecen en las grabaciones cuando quieren, enviados de Ayub y de Ortigoza se escurren por las puertas, observan, callan y se largan. Tania amenaza con renunciar porque su camerino no reúne los mínimos requisitos indispensables para el óptimo desempeño de una diva: una tina de agua a treinta y ocho grados exactos con nenúfares flotando en la superficie, un tocador adornado con orquídeas salvajes o una miserable caja de agua Perrier para hidratar a la mascota en turno, un Shar Pei. Muy pronto una cuadrilla de albañiles se dispuso a instalar la tina, pero el ingeniero a cargo indicó que no se podía hacer nada con esa despótica bola de pellejos rondando por el lugar (cabe aclarar que se refería al perro). Wu solicitó al equipo Monroy que amarraran al animalito. La diva se negó. Con su convincente voz de ultratumba, advirtió que primero tendrían que pasar sobre su cadáver. Hasta ahora, Tania Monroy ha transitado por el foro como si ignorara que carece de nariz. Se pasea frente a las cámaras con la naturalidad de quien ha escapado de la clase media por méritos propios. La instrucción de la Vicepresidencia de Programación es, textualmente: "Mostrar los mejores ángulos de la Diva de México". El montaje está retrasado, el estaf ya presenta síntomas de psicosis colectiva y los equipos de mercadotecnia esperan con ansia las imágenes promocionales. Es domingo por la mañana. Todos alrededor opinan y los rumores bullen como si el Foro 4 fuera una olla exprés. No es el mejor día para Raymundo Wu.

Hubo un tiempo breve, apenas unas temporadas en las que la ficción parecía quedarse obsoleta. Parecía anacrónico escribir historias cuyos montajes produjeran cierto efecto de realidad. La tendencia dominante consistía en capturar hechos reales, reproducirlos y domesticarlos hasta obtener el control total, pulir la vida cotidiana y transformarla en puro drama, suspenso, ansiedad y comerciales. Eso es lo que hace Raymundo Wu, controlador de realidades. El mundo es el engaño que oculta el hecho de que no hay verdad alguna. El reality es cierto. La clave consiste en la exhaustividad. Todo será registrado. Las personalidades deberán ser expuestas en la sedienta persecución de un instante agónico: un instante a cuadro.

Por desgracia, el público suele comportarse como una masa informe que realiza movimientos imprevisibles y repentinos. Tras el deslumbramiento inicial, los televidentes regresan mansamente a la ficción. Por ahora las miniseries se comen el mercado. En estos días, seamos francos, nadie confía en los *realities*.

Dos sujetos con batas blancas aparecen en el set. Es gente del equipo Karwinski, a la hora exacta de los análisis previos al tratamiento de regeneración celular. El complejo científico de *Tania de todos, el reality* incluye un consultorio, un quirófano, un laboratorio de regeneración celular, una barra de ensaladas y una máquina expendedora de café. Karwinski coordina un equipo de especialistas: dos biotecnólogos, un nanotecnólogo, un cirujano plástico, dos médicos asistentes, una enfermera y un anestesiólogo, quien ahora realiza experimentos con fármacos de última generación, y acaba de aplicar una inyección en un antebrazo de Tania. Treinta segundos después, la diva está inconsciente.

Los sujetos de bata blanca explican que el estado del sujeto investigado es perfectamente normal. Luego depositan el cuerpo inerte justo en medio del set, sobre un sillón de terciopelo estilo Luis XIV. Ese sillón es protagónico en el mobiliario de un foro acondicionado para reproducir el estilo de vida de una auténtica diva mexicana, un homenaje al nuevo rico, entre lo faraónico y lo churrigueresco: hay piezas de arte sacro novohispano junto a la imitación de un sarcófago egipcio. A primera vista nadie pensaría que hay cámaras instaladas en los floreros.

El productor Raymundo Wu observa a Tania, tendida apacible, totalmente drogada, metida en su bata de seda negra con encajes de chinerías, larga cabellera negra y suavemente ondulada. Hermosa. Sólo le falta una nariz. Wu se ha topado de frente con la presencia del absurdo. ¿Quién puede conseguir ángulos favorables en esas condiciones? Wu se pregunta cuánto durará el efecto de la anestesia, y cómo fue que se metió en esto. La segunda pregunta es retórica.

Su vertiginosa carrera inició en Honduras, en el año 2004, con su primera producción, un *talk show* llamado *Vidas miserables*, uno de esos formatos de panel en donde los invitados exponen en vivo sus historias de vergüenza doméstica, falsas o ciertas: adulterios, abortos, abusos, golpizas, todo exhibido desde cámaras ocultas. Los participantes se insultan entre ellos y se acusan de cosas atroces mientras una conductora vocifera clichés de autoridad moral, imparte justicia y exhibe videos incriminatorios. El público del foro alterna abucheos y aclamaciones, y al final todos agradecen los gritoneos, como si la continuidad del programa solucionara las tribulaciones de su existencia. *Vidas miserables* estaba a punto de cumplir su quinto año al aire rompiendo récords, cuando Wu salió huyendo del país, a causa de un complicado asunto relacionado con fondos públicos. Desde entonces al productor le aterran los escándalos. Unos meses después apareció en Miami, lanzando *La estrella latina*, un concurso de talentos para Telemundo. El ganador de la primera temporada fue un indigente que ejecutaba suites de Mozart en un clarinete, mientras realizaba malabares con cinco naranjas. Nada hay más gratificante para el público que ver a alguien emergiendo del sótano, así que aquello iba bien hasta que Wu se vio involucrado en un juicio por fraude inmobiliario. Telemundo lo despidió. Fue entonces cuando la cadena NOS lo contrató para hacer *realities* a destajo. Durante los siguientes siete años, Wu registró la impostada vida cotidiana de policías hispanos, enfermeras hispanas, jueces hispanos, surfistas hispanos subidos en la ola americana del tiempo real. Después, NOS comenzó a producir sus propias series de ficción. Los programas de Wu fueron desplazados de los horarios estelares. La última vez que se emitió una de sus producciones fue en Turquía, a las dos de la mañana. El llamado de Telemanía no se hallaba entre sus planes. Un par de telefonazos, un vuelo a México y de pronto ahí estaba, firmando un contrato lleno de cláusulas que previenen decenas de causas probables para despedirlo. El controlador de realidades escucha una voz a sus espaldas.

—Es usted afortunado, señor Wu —dice la asistente Berta Domínguez. El productor voltea y le dirige una mirada lastimera.

—¿Tanto se nota?

—No estoy ironizando. Este es el momento oportuno de hacer esas tomas que usted necesita, sin que esta señora comience a hacer lo que le dé la gana y nos arruine el día a todos. Créame lo que le digo. Tania Monroy siempre ha sido prepotente, pero desde que le rebanaron la nariz tiene un carácter inmanejable.

—¿Qué me está proponiendo?

—Sólo le sugiero que aproveche la situación.

El reality funciona cuando pone en juego nuestra capacidad de simulación. De ambos lados de la pantalla, estamos preparados para eso. Todos los cables de las relaciones sociales están protegidos, aislados por el recubrimiento de la simulación. El mundo como reality, la vida como reality. Entramos en el juego, nos representamos, nos reconocemos. Eso es todo lo que quiere ver la gente: más gente. Tribus de simuladores congregándose en torno a los templos de la simulación. La Diva de México posa noqueada para las cámaras. La producción consigue cuatro cambios de vestuario. Tania recostada, de pie, sentada a la mesa, departiendo con otras celebridades, la realidad será recortada en pedazos pequeños, fugaces, poco antes de que el efecto de la anestesia ceda, y la diva comience a cabecear lánguidamente, balbuceando palabrotas.

Esto debe ser una confusión

Agaton Boyadjian nació en Sisian, bucólico poblado de Armenia, en 1968. Sus padres se dedicaban a la pintura de lanas. Estudió filología comparada en la Universidad de Yereván. A Boyadjian le debemos la primera interpretación de unos manuscritos coptos del siglo III antes de Cristo, considerados los recetarios de cocina más antiguos que conozca la humanidad. Su plaza de investigación en Yereván desapareció con todo el Instituto de Filología en 1999, razón por la cual se sumó a unas manifestaciones de protesta en contra de los recortes al gasto público. La política y la economía no están precisamente de parte de los sabios. El régimen lo encarceló por dos años. Actualmente reside en Los Ángeles y trabaja como chofer de limusinas de alquiler mientras perfecciona su inglés y tramita su estatus de refugiado, lo cual le permitiría buscar, más adelante, un trabajo como académico.

La limusina dorada conducida por Agaton Boyadjian está arribando al Latino Palace. Su único pasajero mira por la ventana lateral, se peina compulsivamente y habla un idioma que Boyadjian desconoce por completo. Viste un esmoquin púrpura cuyas solapas fosforescen en la penumbra del asiento trasero.

—Estamos llegando, mi amigo, esta es la entrega anual de los Hispano Awards. La organiza la prensa hispana de espectáculos en Estados Unidos. Son muy rigurosos con sus criterios. Sólo distinguen a los que producen más dinero. El mensaje es simple y directo: "Estamos bien, muy bien. Somos lo que hay, sí señor". ¿Has escuchado a Lucía Palmer?

El filólogo reacciona con la quietud de un documento antiguo. Hay ciertas actitudes americanas que lo intrigan, sutiles gestos que sus dotes para la hermenéutica no pretenden abarcar. En el acceso para invitados hay una caseta de vigilancia, un joven guardia, rubio, con levita roja y charreteras, una barrera plegable y un lector electrónico.

—¿Qué pasa? —pregunta el pasajero.

El exorbitante vehículo permanece inmóvil. Detrás, los motores de otras limusinas impacientes comienzan a rugir. El guardia se aproxima.

—*Please, put your code card in the scanner, sir* —solicita atentamente el guardia, señalando el aparato.

Agaton mira alternativamente al aparato y al espejo retrovisor.

—Dile a ese muchacho que soy Alberto Roque, alias *el Bello, el Bello* Roque. Tienen una lista. ¡Soy *el Bello* Roque!

Agaton comprende lo que dice el guardia anglosajón, pero ignora lo que vocifera el excitado pasajero, quien ahora asoma la cabeza por la ventanilla del compartimento trasero.

—Esto debe ser una confusión... ¡Tú, pequeñín... tú no sabes quién soy yo! ¡Allá adentro me están esperando! ¡Será mejor que no te metas conmigo!

—*Please, sir, put your code card into the reader. If you don't have the code card, you have to go back on this way.*

El guardia señala hacia el punto de retorno, pensando que su patético uniforme y su mínimo salario no costean el hecho de tener que soportar idiotas como el que tiene enfrente, precisamente esa clase de idiotas que nunca falta en los grandes eventos. Concentrando todo su cinismo en un solo punto, el pasajero baja del vehículo, saca un grueso fajo de billetes del bolsillo y comienza a contarlos ante las narices del guardia.

—Está bien, cabrón, ¿cuánto quieres?

Agaton observa cada movimiento, cada gesto del guardia y del pasajero. El guardia hace una discreta seña tocándose el lóbulo de la oreja izquierda. Más levitas rojas se aproximan desde diversos puntos y comienzan a rodear la limusina. Uno de los guardias toma del brazo al exaltado pasajero, quien sigue agitando los billetes como un viejecillo usurero. Forcejeos. El pasajero derriba a dos elementos, corre hacia la barrera, la pasa por debajo y avanza resoplando hacia las monumentales y pretenciosas puertas del Latino Palace, burda imitación del Partenón, al más puro estilo de una dictadura del Caribe.

—¡Aquí estoy! ¡Soy *el Bello* Roque!

Sin despegarse de su asiento, Agaton mira alejarse al pasajero y a los guardias. Reflexiona, no puede evitarlo, sobre Occidente. Es fascinante, y aún queda todo por aprender, pero de algo puede estar seguro: consiguió este empleo sin un permiso oficial para trabajar. Si alguna autoridad lo descubre en esta patética escena, ya puede olvidarse de su estatus de refugiado y de cualquier otra expectativa. Lo último que el filólogo necesita es un escándalo, así que maniobra con singular destreza para salir de la fila, conducir por la glorieta y enfilar a través de la noche californiana. Agaton Boyadjian no volverá a aparecer en esta historia. Le deseamos la mejor de las suertes.

¡Los Hispano Awards! Aquí es donde las estrellas suceden. Poderosos reflectores cañoneando haces de luz al cielo, vestuarios irrepetibles, miríadas de *flashes* sobre satisfacciones esculpidas en los rostros, egolatrías de alto diseño, sonrisas profesionales. Somos lo que hay, y nos envidian. ¿Quién no desea suceder?

Roque es definitivamente tacleado por los guardias en la yarda tres.

Lucía Palmer es la magnífica golfa sobreactuada en el bulevar costero de una playa idílica, la sensación puertorriqueña que en una semana vendió treinta millones de copias con el sencillo (sencillo en extremo, francamente) "¿Qué cosa quieres?" Ella retoza un poco frente a los paparazzi y responde a todo que sí, que está bien.

—¿Qué cosa quieres, papi…?

El equipo de seguridad del Latino Palace remite a Alberto Roque alias *el Bello* al Departamento de Policía de Los Ángeles. El director del *Calumnia* pernocta en una fría sala de detención. Sale libre a la mañana siguiente, tras pagar una considerable multa en dólares y escuchar la fulminante y estereotipada advertencia de una jueza de distrito:

—No quiero ver otra vez a un payaso como usted en mi corte.

Lo primero que hace el Bello al pisar la calle el lunes por la mañana, es enviar un correo masivo con la ubicación exacta de Marieta en Cancún.

Lucía Palmer ganó el premio Hispano en la categoría de revelación del año.

Llama a la recepción y diles que suban una vida

Efectivamente, hace ya casi tres semanas que un *jet* de alquiler aterrizó en una pista privada de Cancún, y una discreta camioneta Porsche Cayenne con vidrios polarizados trasladó a la cantante Marieta Unsaín y a su guardaespaldas, Ignacio Gámiz, por los amplios bulevares de una colonia exclusiva. Apenas algunas tímidas nubecillas flotaban sobre la apacible superficie turquesa del Caribe mexicano. En la recepción de Torre Nautilus, Gámiz dejó una tarjeta de crédito, tal como sugiere el reglamento del condominio.

> Nota publicitaria: Torre Nautilus es mucho más que un gueto burgués con playa privada. Es un estilo de vida radicalmente distinto. Porque el verdadero lujo no es tenerlo todo, sino tenerlo todo *bajo control*, todos los servicios funcionan a través de sistemas inteligentes, programados al gusto de los residentes, colocando la tecnología al servicio del máximo confort. En cada habitación hay un intercomunicador enlazado direc-

tamente a la recepción. Torre Nautilus cuenta con personal capaz de satisfacer cualquier solicitud, bajo un régimen de discreción absoluta.

Y al principio fue como un juego.
—Llama a la recepción y diles que suban sushi.
—Llama a la recepción y diles que suban una botella de ginebra Hendricks, agua tónica, limones, pepinos. Y la colección anual de *Vanity Fair*.
—Llama a la recepción y diles que suban una caminadora, una bicicleta fija, un aparato de pesas, un telescopio.
—Llama a la recepción y pídeles un dron.
Torre Nautilus: el mundo en la puerta.
—Llama a la recepción y pide una consola de videojuegos, unos binoculares, unas pesas, unas medias de seda, un iPhone.
Marieta había tirado el suyo desde el piso catorce, el día que las especulaciones a costa de su ausencia se hicieron virales en las redes sociales: los trescientos camellos de Dubái, la clínica de rehabilitación, la secta secreta de Brasil, la casa de seguridad en Mexicali...
Así pasó la primera semana. Después entró un huracán al puerto y el cielo se desplomó sobre sus cabezas. Las autoridades declararon estado de emergencia en la zona. Las colonias pudientes estaban aisladas, los barrios pobres quedaron semidestruidos y el desabasto era generalizado. La administración de Torre Nautilus se declaró inoperante. Los bruscos cambios de voltaje desquiciaron los sistemas inteligentes del condominio, de modo que el

aire acondicionado congelaba las habitaciones, la estufa se prendía sola y el excusado funcionaba con agua hirviendo.

Por medio de un comunicado, las autoridades de Protección Civil recomendaron evacuar la zona. Ignacio y Marieta decidieron permanecer en el *penthouse*. Extorsionaron al personal para obtener agua purificada, espaguetis, café, un altero de cajas de Turbo Drink, paquetes de cigarros Lucky Strike y una dotación de pizzas y lasañas precongeladas. A su vez, el personal de la recepción debió repartir sumas generosas entre funcionarios, policías locales y gerentes de supermercados.

Hoy es lunes. Marieta sale de la cama a las nueve. Arrastra los pies hasta la cocina, saca un frasco de Turbo Drink del refrigerador, va a la sala y se echa en un sofá de ratán, frente a los ventanales panorámicos. Luego toma algún número atrasado de la *Vanity Fair* y comienza a pasar las páginas bruscamente, en calzones y playera gris, succionando con avidez la bebida energética morada.

Gámiz está en el balcón, caminando de un extremo al otro del barandal, como un depredador acorralado. Percibe el peligro, pero aún no ha encontrado una vía de escape. Mira hacia una gris inmensidad que difumina el límite entre el cielo y la superficie del mar. Detrás de él escucha la voz de Marieta. Ella está echada en el sofá de ratán, atrincherada tras el rostro de Scarlett Johansson.

—No mames, güey, es obvio que el negocio ya no está en las disqueras. Ya nadie compra los compactos si todo

mundo está bajando sencillos por internet. Güey, ¿qué caso tiene grabar quince temas que nadie va a escuchar, si con un *hit* ya abriste el mercado? Y la piratería… ¿Sabes, Nacho, cuánto pierdo al año por culpa de la piratería?
—Te estás poniendo morada.

Ignacio Gámiz, ex oficial de élite, desertor, traficante de armas, guardaespaldas de celebridades y prófugo de la justicia, escucha en silencio mientras fuma un cigarro Lucky Strike. Catorce pisos abajo, un convoy de camiones de volteo transporta arena para distribuirla a lo largo del litoral, mientras unos trascabos la delimitan y unas aplanadoras la apisonan. Durante el huracán, la arena de la playa fue arrastrada hacia el lecho marino, dejando expuestos los cimientos de las altas torres, así que tuvieron que transportar arena desde Ciudad del Carmen hasta los litorales de Cancún. Algunas playas son perniciosamente artificiales. Marieta planea el relanzamiento de su carrera artística.

—Ahora el dinero está en los patrocinios, güey. No tiene caso lanzar un sencillo para venderlo a noventa y nueve centavos de dólar, si no hay una marca de perfume con tu nombre. Sí, güey, tenemos que hablar con nuestros amigos de Chanel. Podemos diseñar una campaña dirigida a jóvenes modernas, liberales… frescas, como yo… ¡No mames, güey! Imagínate: Marieta, de Chanel.

La segunda fase del entrenamiento kaibil se desarrolla en un lugar de la selva llamado El Infierno, conocido así por el calor húmedo de la selva tropical y por los belicosos mosquitos que la habitan. Ahí, el aspirante demostrará habilidades requeridas para actuar en una guerra irregular: cruzar corrientes de agua, pantanos, riscos, hacer demoliciones, detectar y desactivar minas, sobrevivir en las condiciones más precarias alimentándose de reptiles, insectos, raíces, captando agua del rocío en las hojas de los helechos. En la doctrina kaibil, la mente domina al cuerpo.

–Marieta, mi amor, tú ya no cobras regalías. Tu representante te estafó y se largó, y la empresa rescindió todos tus contratos, ¿recuerdas?

En ese momento, el juego adquiere matices crueles:

–Llama a la recepción y pídeles una verga que funcione.

–Llama a la recepción y pídeles un cerebro.

Y podrían seguir agrediéndose un rato más, de no ser porque en el campo visual de Gámiz aparece un nuevo elemento: allá abajo hay una camioneta Van negra con un plato satelital en el toldo y el logo de la cadena NOS en las puertas laterales, bordeando la hilera de camiones de volteo. La entrenada mente del kaibil organiza y evalúa todos los datos a su alcance, para llegar a una conclusión infalible: ya valió madre. El vehículo sigue avanzando hasta colocarse frente a las vistas oceánicas del Nautilus, se abre una puerta corrediza y sale un camarógrafo que de inmediato dirige la lente hacia el piso catorce. El kaibil ya está a cubierto, desplazándose agazapado hasta el sofá de ratán.

–Marieta –dice en un enérgico susurro–, nos encontraron. La prensa está allá abajo.

La estrella del pop abandona por un instante el chispeante sabor morado. El rostro de Scarlett desciende.

—Champú.

—¿Perdón?

—Champú, güey. No tiene el glamour del perfume pero alcanza a mercados más amplios... aunque personalmente prefiero los tintes para el pelo... ¿Sabías que México ocupa el primer lugar mundial en consumo de tintes para el pelo? Somos una potencia. ¡Güey! ¿Cómo me vería de rubia?

Axioma del kaibil: "En la confusión y el desorden el kaibil será quien domine la situación y con serenidad conduzca la acción".

—Marieta, escúchame bien, porque no lo voy a repetir. Ya no tienes representante, tu padre está prófugo, tu madre te demandó, la disquera anuló tus contratos y la prensa ya nos encontró. Y tal vez a ti te importe una chingada lo que está pasando, pero si mañana sale mi jeta por la televisión, ya puedes darme por muerto, ¿me entiendes? ¡Reacciona, carajo!

Y entonces ella ríe con una risa falsa y un tanto maniática. Se escucha un estrépito de hélices. Los ventanales vibran. Buscando tomas espectaculares del *penthouse*, el inconfundible helicóptero anaranjado de Telemanía sobrevuela el perímetro.

¿Crees que cualquier puta puede salir en televisión?

Mac Cervantes estaciona su Mini Cooper en el subterráneo, sube por el elevador de ejecutivos y entra a su oficina sin ser visto por el personal de Dirección. Es un poco más de la una. Mac abre el segundo cajón de su archivero, toma el sobre manila, extrae los fotogramas impresos y los coloca en hilera horizontal, formando una secuencia cronológica sobre la superficie de vidrio templado. Es lunes, un día común, salvo por cierta sensación de ímpetu. Al periodista le brota una extraña energía de algún lado, como si hubiera pasado por un instante luminoso, como si la Luna en Virgo prometiera una certeza: es la semana propicia para publicar el debut pornográfico de una estrella juvenil del pop. Vibra el celular.

—Susi.

—Hola, Mac. Estoy bajando del avión. Los Hispano, bueno, fascinantes. Hubo un enfrentamiento entre agentes de seguridad y un tipo que se intentó colar. Un grupo de fanáticos aprovechó la confusión para saltar las vallas

y entrar al Palace, Salma Hayek se puso histérica... Estoy feliz, Mac.
—Qué bien.
—¿Podrías hacerme un espacio en tu apretada agenda de artista? Hay que arreglar los equipos de trabajo. Lo del memorial de la Monroy requiere muchísimo material y acabo de mandar un equipo grande a Cancún.
—¿Cancún?
—¿No te has enterado? Alguien lo filtró a todos los medios. Localizaron a Marieta en Cancún. Lleva un mes encerrada con su guarura en un *penthouse*. Todo el mundo está ahí. Torrado alcanzó a colarse en la recepción.

Mac Cervantes siente que el techo de plafón colapsa de pronto y los cables de corriente echan chispas y se retuercen como serpientes eléctricas que provocan cortos circuitos en su cerebro. Y aún así, simula indiferencia.
—Susi.
—Dime.
—¿Tienes algo mejor que eso?
—No puede haber en este planeta algo mejor que eso, pero si te sirve de algo, Sami Valdés va a tener un bebé.
—Recuérdame, por favor, ¿quién es Sami Valdés?
—Sami era antes Laila, una sensual actriz colombiana. Hace un par de años se cambió el nombre, se extrajo los pechos en el quirófano y se atiborró de hormonas masculinas. Le creció la espalda y la barba, y luego se casó con su pareja lesbiana, Marta, en un juzgado de Londres. Como es un lindo matrimonio progresista, lo natural era tener hijos, y ya que Sami dejó intactos sus

genitales femeninos, decidió embarazarse. Suspendió las hormonas, se sometió a una dieta rigurosa...

–Se embarazó... ¿con quién?

–Inseminación artificial, bancos de esperma, esas cosas.

–¿Y Marta?

–Ella consume hormonas femeninas para poder amamantar al bebé. Es la madre, ¿no?

–Caray, Susi... ese es el tipo de personajes que necesitamos, gente de carne y hueso, historias que nos hablen de superar obstáculos, de libertad, de amor... es simplemente conmovedor.

–Sí, una tierna historia de amor y semen congelado. Sami tiene el pelo cortado a casquete, barba de candado y una barriga de nueve meses.

–Será una portada maravillosa. ¿Cómo va nuestro número especial?

–Tienes que verlo. Tania Monroy es lo mejor que le ha pasado a la humanidad desde la penicilina.

–Bien. Encárgate de eso. ¿Te parece bien si nos vemos a las cinco?

–Perfecto.

–Hasta luego, Susi.

–Adiós, Mac.

En este momento el valor comercial de las imágenes ya está aumentando, en la misma medida que aumenta el riesgo de que aparezca una copia en el mercado. Hay demasiada presión concentrada a lo largo de la columna vertebral de Mac Cervantes. Parece necesario replantear las cosas, aclarar las ideas, tal vez un poco de distracción. El periodista marca un número en su celular.

–Hola, Mac.

–Franqui, si no tienes algo mejor que hacer, date una vuelta por la casa a eso de las cinco. Ven con Lupe.

–Te gustó, ¿verdad, pillín?

–Es simpática. No habla.

–¿Alguna petición en especial?

–Sí, necesitamos motivos aztecas. Vamos a realizar un sacrificio en el templo mayor.

–Nada de sangre, Mac.

–Descuida, es sólo una metáfora.

–Tengo una réplica perfecta del penacho de Moctezuma. También tengo tambores, y un caracol y...

–Olvida los tambores, trae el penacho. Y que Lupe se ponga algo de joyería... no demasiada.

–Oye, Mac, ¿puedo hacerte una pregunta?

–Claro.

–Esta chica, Lupe, ¿tú qué opinas? ¿Crees que tenga aptitudes para incursionar en el ambiente artístico?

–Vamos, Franqui, yo pensé que era muda.

–La intimidas. En realidad es bastante parlanchina. Ha estado insistiendo en el tema. Ella cree que podría hacer maravillas si alguien le diera un chance de mostrar su talento. Le ha dado por ensayar diálogos frente al espejo del baño, y canta baladas románticas. La verdad es que me está convenciendo.

–Qué bien.

—El caso es que ella sabe quién eres. Supone que tú le puedes ayudar...

—Franqui, dime una cosa, en serio, ¿tú crees que cualquier puta puede salir en televisión?

—Eso es precisamente lo que quiero averiguar.

—Pues te lo diré: claro que puede. En este negocio una sandía puede ganarse un Emmy, si cuenta con padrinos y recomendaciones. Y si a esa sandía le colocas un par de neuronas para repetir lo que le dicta el apuntador electrónico, puedes convertirla en una estrella. He visto llegar a la fama a personas que no hilan dos ideas coherentes. Conozco gente del medio que sería incapaz de sobrevivir diez minutos afuera de un foro, padrotes más listos que el ejecutivo promedio de la cadena, y putas más talentosas que una protagonista de telenovela. Lamentablemente, mi Franqui, no soy productor. Dile a tu chica que me confundió con otro, que siga adelante con sus sueños y que se busque un agente. ¿Te parece bien si nos vemos a las cinco?

—Tú eres el cliente, Mac.

El periodista recoge los fotogramas, los devuelve al sobre manila, guarda el paquete en el archivero y piensa que sería bueno volver a casa temprano, antes de que el tráfico de las tres de la tarde desquicie las salidas de Río Mixcoac. Sí, preparar algo casero, tal vez una ensalada de espárragos, aguacate y lechuga, aderezada con vinagreta a la naranja, y en todo caso destapar alguna botella de Valpolicella. Mac Cervantes es un diletante, un aficionado a los placeres sencillos. Una buena ensalada con ingredientes frescos, un poco de buen vino y, en ocasiones especiales, sexo con prostitutas y algo de vestuario en la compañía de un enano disfrazado. ¿Eso es acaso demasiado pedir?

Tu curioso experimento

Al comienzo se escucha una melodía de pianito sentimental. La escenografía en el foro se compone principalmente de afiches descomunales en blanco y negro que muestran a la Diva en sus momentos estelares. Aparece el conductor, recién emigrado del cine independiente, pelo castaño, ojos claros, vestuario casual y apariencia minuciosamente descuidada, en suma, insoportable. Algo así como el yerno al que toda señora esnob quisiera regalarle suéteres. El productor Wu pretende proyectar una atmósfera familiar. Después de todo, Tania es también la tía muy buena que cualquiera desearía encontrarse en una boda, por ejemplo.

–Buenas noches, queridos amigos, es para mí un honor y un verdadero placer encontrarme aquí con ustedes en esta velada. Juntos compartiremos momentos muy especiales de sensibilidad, talento, carisma, esfuerzo y generosidad, en una experiencia sin precedentes que estrechará aún más los lazos de cariño y solidaridad que nos unen a todos con esta gran mujer, a quien sin duda

admiramos pero, sobre todo, queremos. Un símbolo de la música popular, una gran señora de la televisión, nada menos que la Diva de México... Damas y caballeros, bienvenidos a... ¡Tania de todos... el *reaaaaalityyyy!*
Ovación del público.

En el segundo segmento se presentan avances del documental *Una diva, una vida*. Durante la realización ocurrieron ásperas discusiones entre la producción y el equipo Monroy, a causa de los asuntos delicados. Los escritores acabaron maquillando la biografía como a una corista con acné. El resultado es una plasta inconsecuente y soporífera.

El tercer segmento consiste en una retrospectiva de los grandes momentos de Tania como actriz de telenovelas. En su debut con *Paraíso de pasiones*, interpretó el papel de una sirvienta costeña de cortísimo uniforme, que se enamora del patrón, aunque termina casada con el chofer, que es bueno y simpático. En la siguiente producción, *Historia de tres*, se reveló el rol perfecto para la Monroy: la antagonista adúltera y pragmática hasta la perfidia, que al final se vuelve loca, comete un crimen absurdo y muere de algún modo brutal y ejemplar. El estereotipo alcanzó para seis contratos. El argumento acabó por desgastarse, pero Tania la destrozahogares seguía estando buenísima. Durante los años siguientes la actriz interpretó papeles secundarios a destajo. Sus personajes se entrometieron en asuntos ajenos, propiciaron situaciones incómodas, escucharon detrás de las puertas, hablaron de asuntos íntimos en espacios públicos, soltaron indiscreciones frente a desconocidos, robaron bebés, los extraviaron estúpidamente, se entrometieron en vidas ajenas, envenenaron a sus familiares, vociferaron elaborados insultos, se arrepintieron de todo y se derrumbaron en catarsis de llanto. Hicieron, en fin, lo necesario para mantenerse funcionando en melodramas de sesenta episodios. Tania jamás obtuvo un protagónico.

En el cuarto segmento vuelve el pianito sentimental. Las celebridades invitadas hacen turno para dedicarle edulcorados panegíricos a la diva. La producción les ha indicado que hablen como si la diva estuviera ahí enfrente.

–Tienes una fuerza admirable...

–Dios está con contigo, estamos seguros de que tu fe inquebrantable te ayudará a salir de todas las dificultades...

–Eres una estupenda compañera de trabajo y una excelente amiga, pero por encima de todo... eres una mujer generosa.

Todos lloran al recordar momentos gloriosos.

Y el público en las gradas del foro:

–¡Te queremos Tania, te queremos!

Es el *show* de Tania, sin Tania, y Tania es inspiración.

Quinto segmento. Ha llegado el turno de Quish Karwinski. Con fondo de música electrónica, se exhiben los tejidos orgánicos de la diva, registrados por una cámara de alta definición conectada a un microscopio láser. Desde un recuadro ubicado en la esquina superior izquierda de la pantalla, el doctor Karwinski pretende ilustrar a los legos sobre los principios básicos de la regeneración celular. Habla un perfecto español con curiosas inflexiones eslavas. Los de vestuario intentaron, sin éxito, contrarrestar el efecto de sus gélidos ojillos amarillentos, cambiándole ese traje cortado en los años setenta por un sastre de Minsk.

El tratamiento desarrollado por Karwinski consiste básicamente en extraer cartílagos de una costilla y modificarlos mediante nanotecnología, reubicando los átomos que constituyen el protoplasma para formar polímeros que conformen la estructura de un órgano nasal. Este órgano será implantado y cultivado en el rostro de la paciente, mientras se inoculan células madre en cantidades industriales.

Las células madre poseen una capacidad casi ilimitada de reproducción por mitosis. Se encuentran en todos los organismos multicelulares. Mitosis es la división de una célula para formar otra célula idéntica. Mediante manipulación genética, Karwinski puede reprogramar estas células en el laboratorio, de modo que muten en células diferentes y especializadas que migrarán a la superficie del área atendida, dividiéndose y diferenciándose para generar millones de células epiteliales que formarán capas, las cuales progresivamente originarán una estructura con todas sus cavidades y conductos. Al mismo tiempo, otras células se convertirán en vasos sanguíneos, tejido adiposo y sistema linfático, todo aquello que terminará por conformar una nariz. Los fanáticos se zambullen en un viaje húmedo a través de los conductos internos de su estrella más querida.

Sexto segmento. Censuradas para la televisión abierta, las escenas del cine de ficheras resultan decepcionantes. Al cortar las leperadas y los dobles sentidos, los diálogos quedaron reducidos a pronombres y preposiciones. Al eliminar las escenas de sexo, las secuencias se volvieron aún más incoherentes.

El clímax de la primera emisión es una cirugía menor. Si en la mitología hebrea Dios creó a la primera mujer usando la costilla del primer hombre, en la era televisada los cartílagos de la caja torácica servirán al menos para reconstruir una nariz. El quirófano es una gran circunferencia cubierta por un domo hemisférico de acrílico transparente. A su alrededor hay graderíos con capacidad para doscientas personas sentadas. La sala de operaciones está completamente bordeada por los logotipos de la farmacracia: Novartis, Merck, Ciba Geigy y Bayer patrocinan las intervenciones. Hay decenas de cámaras, todas móviles. Entre tanta producción, el equipo quirúrgico se aprecia minúsculo al centro. En la pantalla aparece una sucesión rápida de encuadres entre la zona intervenida y los rostros del equipo médico, con fondo de música incidental que produce ansiedad y el sonido agudo intermitente del electrocardiógrafo, mientras el conductor susurra comentarios impertinentes, como si narrara un partido de tenis.

A unos doscientos metros de ahí, en las oficinas de Programación, los foquitos rojos acaban de encenderse en el panel de monitoreo. El vicepresidente Ayub se encuentra de un ánimo peculiarmente irascible. Apenas ayer su médico le prohibió las carnes rojas.

—Comuníquenme con ese pinche asiático —ordena. El diligente yupi procede. Raymundo contesta de inmediato. El vicepresidente de Programación mira con furia a su conmutador.

—Basilio, buenas tardes...

—Puedes ahorrarte cortesías. Para tu información, soy un patán. Ahora te formularé unas cuantas preguntas para que reflexiones un poco. ¿Sabes cuánto dinero invertimos en tu curioso experimento? ¿Tienes alguna remota idea sobre las expectativas de la cadena en este asunto? ¿Puedes imaginar cuántos productores exitosos se han despedazado entre ellos para conseguir el horario que tú obtuviste gracias a una serie de casualidades?

—... Son demasiadas preguntas.

—Oh, sí que lo son. No confío en ti, Raymundo. He leído cosas sobre tu facilidad para meterte en problemas, y estoy seguro de que tu alianza con Ortigoza te conducirá a la ruina definitiva. Personalmente preferiría esperar tranquilo a que los números se expresen por sí mismos, pero mi trabajo es evitar que se hundan los barcos, así que por ahora te informo que estás debajo de la línea de flotación. Ignoro qué debas hacer para que este desastre comience a funcionar, pero si en la próxima emisión no pasa algo que convierta tus ocurrencias en el trancazo del año, me fascinará cancelar el programa. Claro que también hago esto por el placer de aterrorizar a sujetos como tú. Tienes veinticuatro horas para enseñarnos algo. Y créeme, estaré al pendiente.

¿Problemas? En México Wu es prácticamente un desconocido. En Centroamérica lo conocen demasiado bien. En Estados Unidos hay una orden judicial en su contra. Si el vicepresidente de Programación cumple su amenaza, el controlador de realidades tendrá que ofrecer sus servicios en alguna dictadura africana.

SERVICIOS SOFISTICADOS PARA GENTE IMPORTANTE

La venta del Victimizer 2001 está prohibida a civiles en cualquier régimen democrático. Los acuerdos internacionales han catalogado el producto como arma química, debido a los intensos efectos tóxicos (vómitos, urticaria, hinchazón, ampollas, convulsiones, fiebre, bronquitis, dislalia, alucinaciones). Tales efectos desaparecen gradualmente en un periodo aproximado de veinticuatro horas.

Tras el fallido atentado contra Mac Cervantes, Germán Casas reptó por el empedrado de la solitaria calle Berriozábal. Cuando logró incorporarse, percibía el ambiente cubierto con una neblina verdosa. Su desorientación le impidió localizar el Maverick. Guiándose por el oído logró arrastrar las suelas hasta la avenida Revolución, desplazarse tortuosamente sobre las aceras y descender a tientas hasta la estación de metro Mixcoac. Gemía cuando logró abordar un vagón. Era como un mutante de serie B, un pasajero más, otro elemento que pasa inadvertido por los andenes subterráneos.

Llegó al multifamiliar de Iztacalco casi a medianoche. Frente a la puerta de su departamento, la cerradura le pareció un objeto sorprendente cuyo sentido tardó una media hora más en descifrar. Por fin entró. Lo primero que hizo fue mirarse en el espejo del ropero. Se preguntó si acaso habría un fondo del abismo o si uno puede seguir cayendo sin reventarse las tripas contra el asfalto. En el reflejo había un sapo. Miraba fijamente al Cigüeñal con ojos saltones e inexpresivos. Un sapo enorme y verrugoso, con traje de solapas anchas, camisa negra y una corbata de mantras psicodélicos. El batracio tomó la pistola que traía en la sobaquera, elevó el arma con suavidad hasta la altura de la cabeza, y se apuntó en la sien. Parpadeó. Jaló del gatillo. Se escuchó un chasquido metálico. La pistola estaba atascada. Casas permanecía inmóvil, mirando su extraño reflejo. Y el sapo dijo, con una voz que era como la voz del Cigüeñal haciendo gárgaras:

—A ver, imbécil, ¿qué no te das cuenta? Ya no te quedan salidas. Ahora sí eres un prófugo y además estás acorralado. ¿Sabes qué significa eso? No tienes nada que perder. Tu única alternativa digna es salir de esta pocilga y acabar con ese pinche periodista. Te lo voy a decir una sola vez, pendejo, ¡persevera, piensa en algo, concéntrate, carajo! ¡Tómatelo personal! Óyelo bien, Germán Casas, si no haces lo que te digo, tú serás quien termine pegándose un tiro.

El sapo se guardó el arma de vuelta en la sobaquera. Los mantras psicodélicos se movían, giraban en la corbata de fibra sintética. Aquello fue una experiencia trascendental.

Esta mañana han desaparecido los efectos tóxicos. Los pensamientos de Casas están ordenados como negras piezas de ajedrez. Sale de su departamento dispuesto a encontrar la encrucijada que lo desvíe del camino hacia la derrota definitiva. Ha llegado a la conclusión de que a tipos como Mac Cervantes hay que chingárselos en sus propios terrenos. Es preciso explorar los bajos fondos de la sociedad del espectáculo, la sutil red de complicidades y secrecías en donde los famosillos y sus comparsas se proveen de servicios impublicables, ahí donde es probable encontrar los puntos débiles de tipos como Mac Cervantes.

El Cigüeñal toma un taxi, recupera su auto en Tizapán y lo conduce rumbo a la colonia Portales. Aún subsiste por ahí un viejo malandrín que le proporciona algunos datos útiles. Poco después, en un ruinoso edificio en Calzada de Tlalpan, un traficante de hormonas menciona cierto bar de Insurgentes, en donde una alcahueta dipsómana le pide a Casas un par de martinis a cambio de mencionar que el director de *Farándula* es cliente habitual de un padrote enano, un tal Franqui Solo, quien despacha desde la colonia Roma. Algo se agita en el interior del utilero al escuchar ese nombre, algo vago, pero inminente. Un tercer martini alcanza para averiguar el domicilio preciso en la colonia Roma.

Más tarde, el Cigüeñal camina por el camellón de Álvaro Obregón, viendo de pasada las broncíneas esculturas de la *Venus* de Médici, el pescador lanzando su red, Argos y Mercurio. Se detiene junto a la espléndida réplica del *Discóbolo* de Mirón, y mira hacia la acera de enfrente, donde se encuentra un edificio de cantera labrada. "Franqui Solo", repite mentalmente el Cigüeñal, presintiendo recuerdos escondidos a la vuelta de la esquina.

Del edificio de cuatro pisos, al parecer destinado al alquiler de oficinas, entran y salen personas apresuradas, entre ellas unas señoritas que probablemente son putas. Van vestidas como esposas de magnates o como ejecutivas de un corporativo, pero se les nota lo putas. Es una cuestión puramente intuitiva. El Cigüeñal podrá ser un pusilánime y un perdedor pero, precisamente porque ha sufrido, conoce algo acerca del mundo y las personas. Entonces ve al enano llegando al edificio, impecablemente vestido, jalando una maleta con ruedas, acompañado de una morena exuberante, y le vuelve aquella agitación. Bajo las marquesinas del subconsciente hay cámaras de cine de 35 milímetros. En la atormentada memoria del utilero se instala un set completo de filmación, listo para la siguiente toma. El recuerdo definitivo aparece de golpe. "A güevo", se dice el Cigüeñal, "ese güey es Franqui, Franqui el extra".

Y es cierto.

Fundados al final de la segunda guerra por RKO y Televicentro, los Estudios Churubusco fueron creados para coproducir películas de ambos lados del Río Bravo. La iniciativa sonaba razonable en ese entonces. La industria fílmica mexicana aún invadía el mercado fronterizo y le pasaba por encima a cualquier país de habla hispana. Su rentabilidad bien podía medirse con uno de los gigantes de Hollywood. Para 1953, la situación había cambiado. La Paramount adquiría RKO mientras Televicentro se aprestaba a concentrarse en su nuevo filón: la televisión abierta. En 1958 el gobierno mexicano intervino los estudios cinematográficos en quiebra. La época de oro se terminó por decreto. Controlando la exhibición y la producción durante las siguientes tres décadas, el gobierno se hizo cargo de asegurar la total bancarrota de la industria. En 1981, los estudios cobijaron la producción de *Chanfle II*. Ya no se podía caer más bajo. Durante las siguientes dos décadas, Churubusco sobrevivió gracias a producciones de Hollywood, atraídas por los bajos presupuestos de una moneda devaluada.

El siguiente dato es una rareza: Franqui Solo trabajó como extra en todas las películas extranjeras coproducidas en Churubusco durante ese periodo. Era como si fuese una condición para filmar en el país, como si los contratos incluyeran una cláusula que dijera: "Incluya a este enano". El versátil cuerpecillo aparece incidentalmente en *Bajo el Volcán, Total Recall, Dunas, Rambo II*, también en una de James Bond: *Licencia para matar*, y en una docena de cintas más. El hecho es que Franqui sostenía ciertos acuerdos turbios con el sindicato de actores, el cual a su vez presionaba a los gringos. Solo sostenía negocios turbios en diversos sectores de la industria. Uno de esos negocios consistía en distribuir cocaína entre el estaf.

Cuando no había megaproducciones de Universal, en Churubusco quedaba espacio para la sexicomedia. En 1986, el Cigüeñal llegó a los estudios como jefe de utileros de *La suavecita*, una de las más olvidadas realizaciones del género, la tragicómica saga de una joven descocada que se casa por interés con el honrado, obeso y chistoso propietario de un almacén de telas, cuyos cuernos no cesan de crecer. Aquel estaf era voraz en lo que se refiere a estimulantes ilegales. Casas fungía como el intermediario oficial en asuntos de gramos y onzas. Franqui Solo y el Cigüeñal se entendieron bien. Realizaron provechosas transacciones durante la filmación.

En 1989 se filmó *La Tarea*. Con una cámara fija y María Rojo en plan cachondo, el cine mexicano salía del coma profundo. El idioma español volvió a los estudios. Paradójicamente, el teléfono de Franqui Solo dejó de sonar. Jamás volvió al plató. Más adelante aprovecharía sus múltiples contactos en el ambiente del espectáculo para dedicarse de tiempo completo a su peculiar padroteo.

Hoy, Franqui Solo es ampliamente reconocido como el proxeneta favorito de las luminarias. Su oficina es un piso amplio con suelos de mármol en donde hermosas prostitutas se contonean de un lado para otro, probándose vestuarios de amas de casa de los años cincuenta, enfermeras, monjas, doncellas medievales, *geishas*, princesas de Disney. En la planta alta hay un impresionante almacén de vestuario y un área de contabilidad. Más que sexo, Franqui Solo ofrece puestas en escena al gusto de cualquier perversión. Lo último que espera es que lo aborde un tipo vestido como si estuviéramos en 1973.

—Hey, Franqui...

—¡El Cigüeñal! ¿Qué pasó, mi Cigüeñal?

A diferencia del utilero, Solo conserva una memoria privilegiada, y las corbatas de Germán Casas siguen siendo inconfundibles. Casas se inclina para ejecutar un efusivo abrazo con sonoros golpes de espalda. Las antiguas complicidades en los negocios turbios no siempre alcanzan para cultivar amistades, pero a veces sobran para garantizar cierto grado de confidencialidad. Minutos después, los viejos conocidos ocupan una mesa en la sucursal más cercana de Bisquets de Obregón. Casas pide una arrachera con papas. Franqui, intrigado, pide un té verde.

—No lo puedo creer, cuánto tiempo ha pasado, mi Cigüeñal. ¿Cuándo fue la última vez que nos vimos? ¿Te acuerdas?

—Cómo no, *La suavecita*. Repartimos droga suficiente para filmar *Guerra de las galaxias*.

—Buenos tiempos, sin duda. ¿Sigues en el cine?

Sobre la arrachera circula una corriente fría. Franqui lo pregunta como por descuido. Es un modo de presionar a Casas. Ambos se encuentran a la defensiva. Franqui sabe perfectamente lo que sucedió en *Valle del mal*.

—Dejé las filmaciones. Me harté de los bajos presupuestos. Ahora estoy en el ramo de la distribución. Pero ya debes suponer que no te encontré por casualidad, y que no estamos aquí para evocar los años maravillosos.

—Algo así imaginaba.

—¿Conoces a un periodista de espectáculos llamado Mac Cervantes?

—Tengo la impresión de que eso ya lo sabes.

—Exacto. Sé que provees a Mac Cervantes de servicios sexuales a domicilio. Lo que vengo a decirte es que hay alguien dispuesto a pagar buenos billetes por chingarse a ese periodista.

—¿Chingarse...?

—No te escames, mi Franqui. Es muy simple y no implica riesgos. Sólo tienes que presentar a una de tus amiguitas en el Ministerio Público para levantar un acta y hacer ciertas declaraciones a la prensa. Yo me encargo del resto.

—Esto de la distribución es algo más diversificado de lo que yo suponía.

—Sólo es un favor que le estoy haciendo a un ser querido.

—Ya veo. Y yo y mi amiguita, ¿qué ganamos?

—Doscientos mil. Se lo reparten como mejor te parezca.

Franqui estudia la situación en la superficie del té. Si alguien que no te ha visto en veinte años y confía en ti para participar en un complot, o es un idiota o está desesperado.

—Mira, Germán, voy a ser honesto contigo. Así como tú estás en la distribución, yo me dedico al rubro de los recursos humanos. He invertido mucho tiempo y dinero en esto. Y vamos bien. Somos una empresa especializada que ofrece servicios sofisticados para gente importante. Créeme, te impresionaría revisar nuestro directorio. Hay nombres demasiado conocidos de senadores, secretarios de Estado, empresarios, novelistas, periodistas. Por favor, no me preguntes por qué a algunos les excita coger en presencia de un enano. Debe ser uno de esos síndromes nuevos. Este pinche siglo no hay quien lo entienda.

—No, pues te felicito, mi Franqui.

—Cervantes no es rico, pero según calculo gasta la cuarta parte de su ingreso en nuestros honorarios. Confía en nosotros porque le ofrecemos confianza. En mi trabajo, el nivel de discreción es equivalente al que un doctor le debe a sus pacientes o un abogado a sus defendidos. Es algo más que ética, es una cuestión contractual, ¿me explico?

—¿Estás hablando de legalidad? ¡Cómo has cambiado!

—De ninguna manera, esto es un asunto de negocios, no nos confundamos. No voy a balconear a un cliente frecuente y arriesgar todo lo que he construido por ganarme unos pesos.

—Ya. ¿Cuánto quieres?

—No se trata de dinero... ¿Qué tal tu arrachera?

—Una puta bomba de hormonas sintéticas.

—Te dije que este es un lugar especial. ¿Quién te está pagando, Cigüeñal?

—Pinche Franqui, ¿de verdad no crees que alguien pueda hacer buenas obras sólo por afecto o por solidaridad? ¿Todo se trata de dinero?

—Hasta el amor al prójimo es cuestión de efectivo.

Germán Casas estira un poco las alucinantes espirales. Este pinche Franqui es listo.

—Digamos que estoy reviviendo una antigua fantasía de cabaret.

—Entiendo. Te lo plantearé de otra forma. Tengo la impresión de que tu fantasía puede jalar algunas palancas.

—¿De qué hablas?

—Escucha. Conozco, efectivamente, a esta amiguita...

—Pareciera que conoces a varias.

—Sí, sí, pero te estoy hablando de alguien especial. Tiene talento, ¿sabes? Talento y mucho potencial. Canta, baila, actúa, cuenta chistes, pero sobre todo tiene estilo. Tú sabes de esto. No cualquiera puede presumir un estilo propio. Es lo que hace la diferencia entre un artista y un perchero...

—¿Qué quieres, Franqui?

—Una oportunidad. Quiero un papel en la televisión para Lupe. Lo más irrelevante que haya, eso funciona, dos líneas, quince segundos a cuadro, lo que sea.

¿Acaso no es eso lo que todos deseamos? Una oportunidad. Apenas un instante en la vida que nos permita mostrar al mundo, de una vez y para siempre, el verdadero material del que estamos hechos.

—¿Y tú qué ganas con eso?

—Sólo estoy ayudando a que una joven talentosa alcance sus sueños.

—Así que estamos platicando entre personas desinteresadas.

—No dije que no quisiera los doscientos mil.

Germán Casas carraspea, estira un poco las alucinantes espirales de su corbata, se acomoda las solapas, toma su celular y marca un número.

En el Foro 4 de Telemanía San Jerónimo, la situación ha vuelto a la normalidad. Tania vocifera alegatos contra la disposición del mobiliario mientras la persigue un médico del equipo Karwinski, quien intenta obtener saliva para extraer muestras frescas de ADN. Raymundo Wu contempla la escena en silencio. Todo será registrado. La asistente Berta contesta la llamada del Cigüeñal.

—Dígame, señor Casas.

—Señorita, buenas noches, ¿sería tan amable de comunicarme con Tania?

—Permítame.

En la mesa de Bisquets, Franqui interroga a Germán con una mirada sorprendida, alzando las cejas sin poder evitarlo, como si preguntara: "¿Tania? ¿La sensacional, la escultural, la monumental Diva de México? ¿Tienes el número privado de Tania Monroy?" El Cigüeñal muestra un gesto de amistosa pedantería, como si respondiera: "A güevo". Por unos instantes, el Cigüeñal se siente poderoso. La sensación desaparece en cuanto escucha, al otro lado de la línea, la voz lúgubre de la Diva de México.

—¿Ya?

—...¿Perdón?

—El imbécil de Mac Cervantes, ¿ya recibió su merecido? ¿Le pusiste en su madre?

—No se agite, mi reina. Estamos trabajando en eso. Recuerde que en estos tiempos las cosas se hacen de un modo más profesional. Hemos realizado algunas investigaciones y contactamos a una empresa que ofrece servicios sofisticados para gente importante.

—No te entiendo nada, cabrón. ¿Le pusiste en su madre o no?

—Aún no, pero ya encontré el modo perfecto. Te va a encantar...

—No necesito tanta información.

—Lo único que hace falta es hacerle un pequeño favor a un amigo. Aquí vamos a necesitar que muevas tus influencias...

—Mi cielo, en este momento mi existencia es la locura total. Me encuentro rodeada de ineptos. Nadie es capaz de mover un dedo sin pedir mi opinión. ¿Te das cuenta del infierno en el que estoy metida? Así que, *plis*, no me salgas con mamadas y sé breve.

—Bueno, mi reina, se trata del método recomendado para acabar con ese sujetito al que odias. Lo único que necesitamos es conseguir una participación en televisión para cierta señorita, algo breve, ¿qué será?... unos quince segundos.

—Ay, mi cielo, quince segundos a cuadro son una eternidad.

El Cigüeñal sigue estirándose las espirales. Sus razonamientos son claros como las aguas del Baikal. Franqui sorbe su té con estudiados modales aristocráticos. Sobre la calle Obregón ha comenzado a caer una llovizna pertinaz. Los transeúntes se apresuran a refugiarse bajo los toldos de los restaurantes que invaden las banquetas. El proxeneta fantasea con levedad, dándole vueltas a su vertiginosa transformación en representante artístico.

El gurú trasnacional de la mitosis

El primer cultivo exitoso de células madre se obtuvo en 1998. Para lograrlo, un reducido equipo de biólogos en la Universidad de Wisconsin destruyó algunos embriones humanos. Dichos embriones se habían adquirido a través de una clínica de fertilización *in vitro*, en calidad de implantes fallidos o material descartado para tratamientos. Los progenitores firmaron su aceptación para la donación a la universidad. El segundo cultivo para investigación provino de un feto, producto de un aborto inducido. En el contrato se explicitaba que la decisión de donar fue posterior a la decisión de interrumpir el embarazo. Así se pretendía aclarar que nadie había pensado en provocar un aborto con el propósito de vender el feto. Meses después se reportó un cultivo exitoso obtenido de la médula espinal de un adulto.

Comenzaban a abrirse inmensas expectativas. Si pudiera lograrse que las células madre se reprodujeran como células diferenciadas, se hallaría una fuente inagotable de reemplazos para reparar tejidos y órganos dañados. Podrían combatirse males esperpénticos como Alzheimer, Parkinson, leucemia, cáncer, fibrosis quística. El potencial comercial indicaba negocios de proporciones bíblicas. Las investigaciones más avanzadas se trasladaron de la academia a los laboratorios privados con presupuestos multimillonarios.

En el ámbito de la bioética se produjeron acalorados debates sobre las prácticas de investigación y las posibles aplicaciones médicas. Algunas de esas cuestiones suenan truculentas. ¿Qué implicaciones tiene la práctica de producir embriones para después destruirlos? Si aceptamos el aborto como fuente de organismos para cultivo, ¿no surgiría una siniestra industria clandestina? ¿Habría filas de mujeres pobres intentando solucionar la subsistencia vendiendo el "producto" en algunos miles de dólares? Una discusión sobre las cualidades humanas de un embrión en fase de blastocisto, alcanzaba dimensiones metafísicas. ¿Clonar humanos para obtener seres de repuesto? En el próspero negocio de salvar vidas, ¿hasta qué punto exacto el cuerpo cotiza en la bolsa de valores?

La bioética no era una materia que interesara particularmente a Quish Karwinski, catedrático investigador por la Universidad de Varsovia. El concepto no se empleaba con demasiada frecuencia a mediados de los años ochenta, cuando sus experimentos con hígados de cerdo le acarreaban prestigio en el campo de la reproducción celular. En cuanto la cortina de acero se abrió para los negocios, Karwinski tomó un avión hacia América, reclutado como titular de investigación en el Instituto

Tecnológico de Massachusetts. A finales de los noventa, Karwinski realizó algunos trabajos para la NASA, de los cuales se sabe poco o casi nada. Se murmura que el proyecto pretendía generar clones para tripular misiones de alto riesgo. Aunque no se ha comprobado nada, Karwinski iba cobrando fama como un tipo dispuesto a todo. Geron Lab, uno de los nuevos gigantes biotecnológicos, lo contrató por una cifra estratosférica. A finales de 2007, Geron anunciaba adelantos fenomenales en regeneración celular, aplicados a una serie de productos elaborados a partir de células madre, que revolucionarían la cirugía reconstructiva. Aclamado como el gurú trasnacional de la mitosis, Karwinski sonaba para el Nobel.

Poco después, las cosas cambiaron abruptamente. El biólogo fue destituido de su cargo como director de investigación de la farmacéutica. El papeleo se llevó a cabo con suma discreción. La empresa no hizo declaraciones públicas al respecto y Karwinski mantuvo la boca cerrada. Un comité de ética redactaría un informe que terminó archivado en algún sótano. Se dice que en ese informe se expresan ambiguamente "algunas inquietudes" acerca de las "metodologías" aplicadas por Karwinski en la obtención de "insumos de laboratorio" y otros eufemismos para insinuar que el biólogo había organizado una eficaz red clandestina de tráfico de embriones humanos, cuyo centro de operaciones era Geron Lab.

El comité de bioética que archivó el informe estaba conformado por la clase de científicos geniales que diseñan antenas para misiles teledirigidos, inoculan células cancerígenas en pacientes sanos, desarrollan semillas transgénicas invasivas o prueban fármacos experimentales en niños del tercer mundo. Es gente que prefiere mantenerse a distancia de los escándalos. Y Karwinski, que era un colega bien informado, conservó su matrícula. En los siguientes años se dedicó a impartir conferencias y a comportarse como una celebridad excéntrica. Publicó un libro con Random House que ilustra la infinidad de vidas que se salvarían y los sufrimientos que se podrían evitar, si en el mundo hubiese comprensión, tolerancia y un libre mercado de embriones humanos. El siguiente paso natural era la televisión.

Pepe Ortigoza no descubrió a Karwinski leyendo la revista *American Scientist*, sino en el *Oprah Winfrey Show*. Entrevistado por Oprah, el científico aseguraba que sus innovadoras técnicas permitirían, muy pronto, reproducir cualquier órgano del cuerpo e implantarlo en donde uno quisiera. El público en el foro le aplaudía como se aplauden las piruetas de una orca. Tiempo después, al desaparecer la nariz de Tania Monroy, el vicepresidente de Publicaciones, ya sabemos, se inspiró. Su equipo localizó a Karwinski en cuestión de minutos, y arreglaron un acuerdo vía larga distancia. La principal condición del científico fue la instalación de un laboratorio con el equipamiento óptimo para reproducir células.

El gurú trasnacional de la mitosis habla siete idiomas, lee a Conrad y a Byron, interpreta al piano nocturnos de Chopin y sus hábitos son frugales como los de un fraile recabita. En este preciso instante Karwinski se encuentra en el laboratorio de *Tania de todos, el reality*, encorvado frente a un contenedor de acrílico, frotándose el mentón con el índice y el pulgar, observando una rara especie de lagartija a la cual se le ha amputado la cola. El reptil mueve la cabeza como si exigiera una explicación. El productor Raymundo Wu aparece en el umbral de la puerta.

–Doctor Karwinski, buenas noches...

–Hay cierta belleza misteriosa en la destrucción de un tejido, ¿no le parece, señor Wu?

El científico mantiene la vista en el contenedor. El productor finge interés. Se acerca. El bicho le parece más bien repulsivo. Karwinski sigue hablando.

–La regeneración de organismos es un fenómeno común en los seres vivos. Ahora mismo la cola de esta lagartija se está creando de nuevo. El pez cebra es capaz de regenerar sus aletas. Y también su corazón. El hígado humano se regenera.

–Es fascinante, sin duda...

–Estos fenómenos obedecen a un principio básico: las partículas se separan y se convierten en algo diferente. Eso es lo que hacemos, señor Wu. Operamos en los movimientos ocultos de la materia viva. Hacemos que la naturaleza trabaje para nosotros. Un día no muy lejano, usted podrá ir a la farmacia y adquirir un fármaco que le regenere el lóbulo parietal o un dedo. Lo que usted guste.

–Créame que me siento conmovido. Y por cierto no haré el menor comentario sobre las drogas que le suministraron a la estrella de mi *show* en horarios de producción. De hecho me tiene sin cuidado si ustedes le trepanan el cerebro.

Sólo entonces, la cabeza de Karwinski gira y dirige sus hostiles ojillos amarillos hacia el productor. Por un instante, Wu se siente igual que una lagartija experimental.

—Dígame, señor Wu, ¿a qué debo su amable visita?

—Mire, me apena venir a verlo con asuntos tan banales, pero es necesario que hablemos. Acabo de tener una junta con el vicepresidente de Programación. Analizamos a fondo los primeros bloques del programa y hemos llegado a la conclusión de que es apremiante añadirle algo de tensión dramática al *show*, algo que parezca imprevisto, y que al mismo tiempo llegue al corazón de las personas, que las hagan salir de sus pantanos mentales y que le presten atención a esas inquietas células que usted desea mostrar al mundo, doctor. No sé si puedo explicarme, tal vez sea algo demasiado subjetivo...

—*Rating*... ¿no es así?

—Exactamente...

—Del latín *ratio*, "razón", término que en lenguaje matemático se refiere a la relación entre dos magnitudes. En el caso concreto al que nos referimos, imagino que estas magnitudes expresan un número porcentual de espectadores, ¿me equivoco?

—Está usted en lo correcto, doctor Karwinski.

—Comprendo perfectamente de qué hablamos, señor Wu.

Es, efectivamente, como un experimento. ¿Qué obtienes si sacas de su laboratorio a un genio científico de moral relajada y lo colocas en un set de televisión? ¿Un divulgador? ¿Un ilusionista? ¿Un sádico?

Esa misma noche en *Tania de todos, el reality*, el conductor, visiblemente emocionado, anuncia una biopsia de médula ósea. Es un procedimiento indispensable para trasplantes de células madre, y además es una de las pruebas más agresivas que puedan efectuarse en un foro de televisión. La muestra suele tomarse de la cadera, pero hacerlo a través del esternón resulta más espectacular. En la pantalla aparece el plano cerrado de una jeringa enorme con dos agujas concéntricas que se introducen a través del hueso. Una aguja perfora mientras la otra succiona la muestra. Música que produce ansiedad, sonido agudo intermitente. Desde su recuadro, Karwinski explica que en la médula ósea el cuerpo humano realiza la hematopoyesis, es decir, la generación de células sanguíneas.

De pronto el sonido agudo intermitente se acelera y el cuerpo de Tania restalla con la violencia de un latigazo. Se abre el plano. Karwinski grita órdenes en polaco. La actriz se está convulsionando sobre la plancha y tiene clavada en su pecho una jeringa del tamaño adecuado para vacunar a un hipopótamo. El equipo médico se moviliza para sujetar el cuerpo, mostrando más serenidad que eficacia. El público ha dejado de respirar. Primer plano del cirujano que aplica una inyección de epinefrina en el cuello de la paciente. El doctor Karwinski comprende perfectamente las necesidades del productor Wu, el mecanismo de atracción, la sublimación del reality: pasar de una situación incómoda a un estado fuera de control. Comerciales.

Si padeces hipertensión, anemia, estrés, migraña, artritis, hemorroides, gastritis, disfunción eréctil o cualquier otro síndrome de oficinista sedentario, los actores con bata blanca y estetoscopio que Telemanía coloca en tu pantalla, poseen facultades de diagnóstico y recomiendan fármacos accesibles sin receta médica que reducirán temporalmente los síntomas, de modo que puedas continuar tu existencia de oficinista sedentario. Noventa y ocho por ciento de los televidentes mexicanos están mirando esa publicidad. El país entero es la sala de espera de un pabellón de urgencias. Al regreso de la emisión, Karwinski anuncia que el paciente se encuentra estable y fuera de peligro. La biopsia fue un éxito. El científico se ve aún más siniestro cuando está alegre.

Y el conductor exclama:

—¡No olviden, queridos amigos, que pueden seguir la transmisión continua a través de nuestra señal de cable!

Me faltan palabras

Llega un punto en que las imágenes dejan de formular interrogantes. Ya no interpretan. En cierto punto, afirman. Se sostienen en una permanente tensión de fuerzas con las verdades del mundo tangible. Las imágenes demuestran. Hay un juego de poder ahí. Mac Cervantes observa los fotogramas dispuestos en hilera sobre el vidrio de su escritorio. La imagen exige ser exhibida. Vibra el celular.

–Susi, ¿estás en tu oficina? Tengo sobre mi escritorio el material más candente de la temporada…

–Oye, Mac, ¿tienes un televisor cerca de ti? No, claro que no. Tú nunca miras la televisión. ¿Qué clase de periodista de espectáculos no tiene un televisor en su oficina?

–No te entiendo.

–Antes que nada, quiero aclararte algo: yo no fui. De verdad.

–¿De qué estás hablando?

–Mac, eres el peor director que ha pasado por esta empresa, el reportero más inepto que he conocido y además nunca me has simpatizado, pero no estoy segura de que merezcas lo que te va a suceder... ¿o es que siempre actuamos a modo de un destino? ¿Crees en el karma, Mac? ¿O todo lo que hacemos es puro azar y caos? A veces me pregunto si tipos como tú podrían ir siempre así por la vida, tan tranquilos hasta el final, sin recibir las facturas.

—¡Susi, por Dios!

—Ahora voy a decirte lo que vas a hacer: vas a sacar la cabeza de tu culo, saldrás de ese vestíbulo de burdel que tienes por despacho y buscarás un televisor. Por si no lo sabes, tu recepcionista tiene uno portátil. Te apuesto lo que quieras a que está prendido en el canal NOS. Adiós, Mac.

El periodista mira hacia Río Mixcoac a través de la ventana. Hay una multitud allá abajo. Él sabe que, en cualquier momento, la vida de un periodista de espectáculos puede convertirse en un melodrama barato. Luego sale de su despacho por la puerta principal, la que jamás utiliza.

Curiosamente, al estallar un escándalo el efecto inmediato es el silencio. El borboteo de una cafetera y el rumor mecánico de la fotocopiadora acentúan el denso mutismo del personal de Dirección. La recepcionista nota la presencia de su jefe y le dirige una mirada de terror y lástima. La nómina entera de Farándula S.A. está sintonizada en el canal NOS, en un circuito cerrado de estupor. Mac se descubre atravesado por miradas glaciares.

Y en la pantalla aparece Lupe Fuentes, caracterizada como la víctima de su propia inocencia: ligero vestidillo estampado con flores amarillas, diadema blanca, cabello alaciado y maquillaje discreto, debutando en vivo a la entrada de la Agencia 54 del Ministerio Público. Acaba de interponer una denuncia por acoso sexual en contra de Mac Cervantes, conocido periodista de espectáculos. Acompañada por su abogado y un enano elocuente, responde a su primera entrevista conteniendo el sollozo.

–Mac Cervantes me engañó... prometió conseguirme un papel... dijo que yo tenía todo para ser una estrella... me hizo pensar que éramos amigos... yo sólo buscaba una oportunidad... es increíble que alguien que lo tiene todo abuse así de personas inocentes... me sometió a toda clase de humillaciones... fue terrible... me faltan palabras para describir las cosas que me obligó a hacer... ruego a Dios que lo perdone... no puedo seguir... es demasiado...

Para interpretar el papel de jovenzuela que ha pasado por momentos terribles, Lupe ensayó sus entrecortadas líneas hasta muy tarde por la noche. Franqui se encargó del vestuario y la dirección artística. La denuncia por intento de violación fue asesorada por Larrazábal & Asociados. La cadena NOS pagó veinte mil dólares por la exclusiva (el nuevo negocio de Franquicia comienza a rendir dividendos). Los detalles truculentos del relato quedan a cargo de la encendida imaginación de los televidentes, atizada por los arteros comentarios de Marta De Vil, una protuberante cubana cuarentona, y Juanito Olaguíbel, un venezolano amanerado y andrógino patrocinado por Armani. Juntos son los conductores del telechisme vespertino *Hasta el fondo*, las lenguas más venenosas de Miami...

—¡Y DE AMÉRICA...!

—¡Ya volvemos con la exclusiva mundial desde México: las escandalosas declaraciones de Lupe Fuentes, joven modelo y aspirante a actriz, víctima de las perversiones de conocido periodista de espectáculos!

Comerciales.

"Te faltan palabras, méndiga puta", piensa Mac, "la que no hablaba, pero cómo no, si es una actriz natural, la muy hija de la chingada, le salió la estrella trágica que toda zorra de vocación lleva por dentro..." Vibra el celular.

—Pepe...

—Bueno, Mac, supongo que tendrás una genial explicación para lo que acabo de ver en un canal de la competencia. Lo que me ofende es que no tengamos la primicia.

—Pepe, ¿qué puedo decirte? Esto no es más que un burdo montaje.

—El mundo es un montaje, Mac. Acaban de llegar unos audios a mi oficina. Tengo la impresión de que habrá algunas copias más por ahí. Tu voz es inconfundible. No sabía que tuvieras tanta imaginación.

—Todo lo que hicimos... fue con la completa aceptación de ambas partes.

—No lo dudo, Mac, siempre he pensado que eres un degenerado con sentido común. Desgraciadamente acabo de recibir una llamada desde el yate de Basilio. De verdad, no sé cómo hace para ocuparse de estas cosas a la mitad del océano. Tengo tu renuncia sobre mi escritorio. Sólo tienes que pasar al departamento de recursos humanos y firmarla. Déjame decirte que nos quedó muy emotiva. Adoras esta empresa, tus motivos son estrictamente personales, estás agradecido con Basilio por toda la confianza y el apoyo brindados en estos años, cosas así.

—¿Quién fue, Pepe, quién?

—No tengo idea, pero lo está haciendo muy bien.

Eso es falso. Ortigoza intuye con claridad qué sucede, pero si pensamos positivamente, no le está mintiendo a Mac Cervantes. Solamente le oculta información. Por la cabeza del periodista pasan toda clase de conjeturas. Lo aterrador no es averiguar repentinamente quién aceptaría dinero a cambio de tu ruina, sino ignorar quién le pagó. Escuchar los pasos cercanos del verdadero enemigo, sin reconocerlo. En cierto punto, se vuelve imposible simular indiferencia.

—¿No podríamos esperar a que pase el reality? Sabes que he trabajado duro para eso.

—Mac, esta vez no puedo hacer nada por ti. Pero míralo así: llegó el momento de que enfoques nuevamente tus expectativas...

—Pepe...

—Hay un horizonte infinito de posibilidades frente a ti. Puedes comenzar por aceptar nuestra generosa indemnización. Créeme, los abogados penalistas, los buenos, quiero decir, cobran carísimo.

—No me pueden hacer esto, he trabajado tantos años para esta empresa...

–Oh, claro que podemos. Todo es posible con una mentalidad ganadora. Ánimo, Mac.

El periodista vuelve a su oficina caminando de espaldas, turbado como alguien que se equivocó de habitación. Entra y cierra la puerta. Sería inútil recurrir a los contactos privilegiados. Lo más probable es que se encuentren ocupados cavando la tumba de su viejo colega Macario Cervantes. El ex director de Farándula S.A. va a su escritorio y mira por última vez la superficie de vidrio. Coge los fotogramas, los coloca en un escáner y digitaliza las imágenes una por una. Luego sube los archivos a las redes sociales. La burbuja comenzará a inflarse. La imagen de Marieta fornicando multiplicará sus reproducciones hasta llegar velozmente al punto de saturación mediática. Al final del día, el registro original no valdrá ni el papel en el que se imprimen las copias. Las imágenes son mercancías inestables. Basta un solo cambio en la composición de la atmósfera para que el valor de cambio de una reproducción se reduzca a polvo.

Abandona su despacho por el acceso privado, toma el elevador hacia el sótano, aborda su Mini Cooper y sube por la rampa de salida a Río Mixcoac. El portón se desliza y abre paso a un cielo pálido. Al fondo se alcanza a distinguir un conjunto de siluetas a contraluz. Es la jauría de los zombis, los devoradores de privacidad, los depredadores de la jungla de asfalto: gafetes, cámaras, micrófonos y una incorruptible ausencia de vergüenza. Bienvenido a las pantallas, Mac. El periodista enfila su auto hacia el exterior, intentando desesperadamente recapitular, averiguar cómo fue que llegó a este punto. Y piensa en Simón Pérez, en autos machacados, en la estrella juvenil del pop y en enormes osos de peluche, en la corbata psicodélica y el olor a agua de colonia Sanborns, en Franqui Solo y en la puta con aspiraciones y en vaporosos disfraces de criaturas intergalácticas, princesas sacrificadas, etéreas hadas orientales. También piensa que no estaría tan mal emprender un negocito como el de Simón Pérez.

Por una nariz

Escasos peatones se apresuran a desaparecer a la distancia de las quietas avenidas. Apenas unos cuantos autos circulan por las desoladas vías rápidas, igual que en un día de alerta epidémica. Ventarrones ocasionales incrementan esta rara sensación apocalíptica. En el interior de los locales comerciales se aglutinan los rostros angustiados. En supermercados, cafés, bares, hospitales, las almas pendientes de un hilo permanecen frente a las pantallas. Tiempo de reality, tiempo suspendido. Lo demás es espacio vacío. En los subterráneos de la sociedad del espectáculo corren las apuestas. Los momios registran tres a uno a que la nariz no pega, diez a uno a que la Monroy fallece en la plancha. Expertos multidisciplinarios opinan en programas especiales. Jamás se especuló tanto por una nariz. Nunca antes en la era televisada, una emisión tan plana produjo tantas expectativas.

Y el conductor:

—Queridos amigos, hoy es un día que todos recordaremos, porque nos encontramos aquí, hermanados todos en la búsqueda de un mismo objetivo, unidos por el amor a una extraordinaria mujer, y sobre todo, un gran ser humano. ¡Esta noche, en vivo y en directo desde el Foro 4 de Telemanía San Jerónimo...! ¡Tania de todos... la intervencióóóóóón!

Siempre de espaldas al público, cubierta con su bata de seda, Tania Monroy abandona majestuosamente el sillón Luis XIV y se dirige a la sala preoperatoria, donde la aguardan una enfermera y el anestesiólogo. En el quirófano, el equipo Karwinski ajusta los últimos detalles para la intervención. En las gradas se distinguen magnates, cardenales, obispos, jefes de la mafia, secretarios de estado.

En la pantalla aparece un primer plano de la nariz reconstruida *in vitro*, afilada, sutil, casi imperceptible, una nariz de autor. De fondo suena la introducción de *Así hablaba Zaratustra* (lo cual es por supuesto un exceso, precisamente el tipo de licencias que Wu suele otorgarse cuando percibe que las cosas están funcionando).

Sucesión veloz de encuadres, música que provoca ansiedad, sonido agudo intermitente, impertinencias susurradas por el conductor, miradas angustiadas del público, sobreexposición y cuerpos a contraluz, planos cerrados del área intervenida, sangre en dosis contenidas... Al final los elementos visuales son parecidos a los que se muestran en esas exitosas series americanas en las que apasionados médicos salvan vidas en horas extras, atraviesan encrucijadas morales, son raros pero atractivos, viven secretamente atormentados por su pasado y agotan las posibilidades del sexo casual entre ellos, a media luz en la sala de tomografías. Sin embargo, hay cierta palidez inquietante en la transmisión en vivo de una cirugía real. A cambio de la sensación épica que provoca una dramatización bien montada y editada, el reality transmite la truculencia insuperable de la existencia en tiempo real: el sordo presentimiento de la fatalidad.

Al final aparece el doctor Karwinski en su recuadro, mirando a la cámara en perturbador *close-up*, exhibiendo una mueca que intenta ser una sonrisa, anunciando que la intervención fue realizada con éxito.

En las calles se abrazan los desconocidos, los enamorados se prodigan caricias, en los bares la cerveza es cortesía de la casa, en los hogares hay armonía, los bancos perdonan deudas, las oficinas otorgan el día libre.

Y el conductor:

—¡No lo olviden: Tania mejoró y ustedes también pueden mejorar... como Coca-Cola Zero, fórmula mejorada...!

Y la voz en *off*:

—¡No se pierdan este fin de semana, el evento del año, la gran culminación del fenómeno televisivo del año... Tania de todos... el retoooooooooorno.

Un macho alfa de carácter imprevisible

Tony Vela abre los ojos desmesuradamente, el público del foro desborda fanatismo, Marlene Ríos luce escultural en su entallado vestido lila y el aceite Sorullo, cien por ciento sano, resulta imprescindible en las cocinas de la gran familia mexicana.

—¡Bueeeeenos días, México, buenos días América Latina y auditorio de habla hispana en los Estados Unidos... Bieeenveeeenidos al sabatino número uno de la televisión hispanoamericana! ¡Eeesto eeees... Sábado... especiaaaaaal!

Por desgracia, algo pasa con Marlene. Está desorientada. Le cuesta encontrar su marca en el piso. Cuando logra ubicarse mira hacia la cámara equivocada. Luego busca explicaciones afuera del set, rogándole a San Judas Tadeo, patrón de las causas desesperadas, un corte a comerciales.

La mente del productor Mancera se traslada por momentos a un set de grabación repleto de blancos y chillones bebés. Es algo estremecedor. Siguiendo las recomendaciones de Ayub, la producción triplicó el número de bailarinas, redujo el tamaño de los vestidos y aumentó la potencia de los ventiladores. Antes de cada corte se transmiten enlaces directos a *Tania de todos, el reality*, y segmentos de *Una diva, una vida*.

Para el siguiente bloque, Tony Vela entrará a combatir en una gran jaula octagonal contra Atila, el jefe de la familia chimpancé, un irritable macho adulto de ciento veinte kilos. Se enfrentarán en combate estilo libre a tres *rounds*. Esa fue una idea original de Mancera. Vela aceptó con entereza. Tiene motivos de sobra para luchar por la permanencia de *Sábado especial*. Toni cobra en dólares por impartir conferencias en grupos de autoayuda, existen clubes de fans de Toni Vela por todo el país, y él no olvida que su posición actual es, de algún modo, la única garantía de protección contra una posible venganza de la mafia de apostadores de Las Vegas. Está dispuesto a dejarlo todo en el octágono.

Fue una calurosa noche de mayo de 1994, cuando *el Gallo* Vela se enredó en aquel problema gordo en Las Vegas. Por entonces el Gallo ya había descendido de los cuadriláteros, tras contundentes derrotas por nocaut y una acumulación de deudas impagables. Tomaba unas copas de brandy en una suite del Caesars Palace con su amigo Narciso Carrasco, un peleador diez años más joven que él. Desconsolado, Narciso le refirió a Vela su tragedia: la mafia le había ordenado dejarse caer en su próxima pelea de peso ligero, a realizarse dentro de unos días contra Pedro Condoy, un portorriqueño mañoso, que esquivaba golpes y salía de las esquinas como un fantasma. Narciso Carrasco era una máquina de tirar rectos y avanzar, un fajador de cabeza dura que sabía acorralar a marrulleros escurridizos como Condoy. De entre sus sopores etílicos, en el Gallo surgió la lucidez fría de quien no tiene nada que perder. Sermoneó a Narciso. Le habló de honestidad deportiva, de caballerosidad y de honor. Le dijo que pensara en sus hijos, y en el recuerdo que tendrían de su padre como alguien que se vende al mejor postor. Lo conminó a volver de inmediato al gimnasio, prepararse a conciencia y noquear al tal Condoy. Vela salió del hotel hasta que se terminó la botella. Levantar el vaso era su más intenso ejercicio. Narciso aún se daba golpes de pecho en su suite. La víspera de la pelea, Vela obtuvo un nuevo crédito para apostarle fuerte a Narciso, quien esa noche acabó con su contrincante en ocho asaltos. A la mañana siguiente, el Gallo volvió a México en un Lincoln descapotable de color blanco, con muchos miles de dólares dentro de la cajuela, cruzando la frontera por Tijuana. La mafia de apostadores tardó un par de días en rastrear al causante de sus pérdidas. El Gallo no ha vuelto a pararse por Las Vegas. Carrasco jamás consiguió otra pelea profesional.

Atila es un macho alfa importado del Congo, gracias al apoyo incondicional de la Secretaría de Medio Ambiente. Su inteligencia es sorprendente. Su comportamiento es imprevisible. Hay que decirlo: la pelea es magnífica. Tras un veloz intercambio de golpes a corta distancia, comienza a predominar la táctica. Atila posee la agilidad y la astucia, pero queda aturdido cada vez que el Gallo consigue conectar uno de sus terribles mazazos. Al finalizar el tercer round, el equipo de seguridad debe subir al octágono, separar a los contrincantes y sacar a rastras al simio, quien sigue profiriendo insultos al salir del set.

De inmediato aparecen a cuadro seis hombres vestidos de bomberos porno, cargando una manguera. El agua a presión barre con las bailarinas. Toda la escena es vulgar y artera, la especialidad de la casa. Desesperada, Marlene Ríos se desprende de su apuntador electrónico, lo arroja al suelo y lo pisotea. En seguida repite la operación con el micrófono inalámbrico. Nadie comprende a Marlene Ríos. La orquesta interpreta *Te aprovechas*, y si llamas ya, puedes participar en el sorteo de un auto compacto último modelo.

Pero todo es inútil.

En las oficinas de Programación, los foquitos rojos acompañaron la emisión desde el inicio hasta el espectacular derrumbe. Al acabar el programa, irrumpe en el foro un equipo compacto de ejecutivos provenientes del Departamento Jurídico de la Vicepresidencia de Programación. Es como un cortejo fúnebre integrado por yupis. Sus portafolios contienen el papeleo necesario para finiquitar de inmediato los contratos, y declarar la cancelación definitiva de *Sábado especial*. Algunos cientos de empleados temporales se quedarán temporalmente sin trabajo. No es el caso de Mancera. Su representante acaba de hablar con el director de mercadotecnia de

Baby Pure. La empresa anunció que se sentirían fascinados de trabajar nuevamente con el talentoso y creativo productor, justo a tiempo para comenzar la campaña de la nueva línea de pañales ultramegaabsorbentes, decorados con personajes de Nickelodeon. Las condiciones, claro, tendrían que volver a negociarse.

¡Salvemos a las focas!

Despatarrada en el sillón de ratán, estimulada por una de las últimas dosis de Turbo Drink morado, Marieta se reinventa a través de la filantropía:

—¡Una fundación! ¡Eso es, güey! ¡Una buena acción! Pensemos en una causa noble y conmovedora, qué sé yo, niños con cáncer, abrimos una cuenta para que el público colabore, los gastos de promoción se deducen de los impuestos y yo aparezco como un ejemplo de bondad, y lo único que tengo que hacer es ir a conferencias de prensa y decir que sí, que hay que ayudar porque la infancia y el planeta... y ahí lo tienes, güey, publicidad gratis.

Análisis de la situación: Las obras de rehabilitación de la playa provocan constantes cortes en el suministro de energía eléctrica. Descongelamiento progresivo del refrigerador. Pizzas y lasañas en avanzado estado de descomposición. Presencia de charcos de agua en el suelo. Humedad y bochorno. Mosquitos. El aire acondicionado no enfría, aunque produce un ruido espantoso y es imposible apagarlo. Las provisiones escasean. La prensa ocupa la planta baja del edificio y las aceras del bulevar. Al parecer, el personal de la torre está colaborando con el enemigo.

Es cierto. Catorce pisos abajo, unos cuantos paparazzi vegetan en el vestíbulo de Torre Nautilus, congregados por el raquítico favor de dos ventiladores. A través de las bocinas ambientales suena un *cover* de *Billy Jean* en versión bossa nova. Detrás del mostrador hay un recepcionista jugando solitarios en la computadora, y una lavandera que firma el registro de salidas. Su turno acaba de terminar. Recostado en uno de los sofás, Efraín Torrado lee los anuncios de los forros del *Farándula*.

¿Está perdiendo al ser amado?
¿Se siente solo y humillado?
AMOR ETERNO MAGIA BLANCA.
Yo arreglo su problema de amor. AMARRES DIRECTOS
con sólo una llamada.
Recupere al amor de su vida para siempre en
UNA SOLA NOCHE.
No prometo, firmo y cumplo.
SOY LA SANADORA DEL AMOR.
Infiel o alejado, lo dejamos dominado al instante para
que le respete y ame sólo a usted.
LO JURO.

En la tercera y última fase del entrenamiento kaibil, el aspirante está listo para efectuar ataques de aniquilamiento, operaciones militares que requieren maniobras de inteligencia, espionaje y penetraciones en territorio enemigo. Al final de esta etapa, el aspirante debe despojarse de cualquier sentimiento de clemencia.

En este momento, la cantante pop se enfrenta a un dilema de orden moral.

—Pero no se trata sólo de la imagen, güey. Sinceramente creo que los artistas debemos hacer algo por los demás. ¿No se supone que somos un ejemplo para la sociedad? De verdad, quiero ayudar...

Axioma del kaibil: "Al ser emboscado, acompañándose del máximo volumen de fuego, el kaibil se lanza al asalto".

—Niños con cáncer... No, güey, qué depresión, prefiero algo... no sé, algo como más ambiental... glaciares... osos polares... ¿cambio climático? Güey, ¿a quién hay que pasarle dinero para que el clima no cambie?

—Marieta, mi vida, llama a la recepción y diles que suban un rifle uzi... no, espera, tengo uno de esos en el clóset.

—Proteger focas. Exacto, güey. Posar para el Discovery Channel junto a unas focas bebés, peluditas y gorditas. Viajar a Alaska...

Diseñado por la ingeniería militar israelí, el uzi es un subfusil ligero con acción de retroceso de masas a cerrojo abierto, un práctico utensilio que tira diez disparos por segundo y cabe en la maleta deportiva que está en un entrepaño del clóset. Gámiz toma el uzi y se guarda dos cargadores en los amplios bolsillos de sus bermudas. Luego atraviesa sigilosamente la estancia, pasando imperceptible por detrás de Marieta, dirigiéndose al elevador.

—¡No mames, güey! ¡Salvemos a las focas! ¿Suena bien? ¿Sabes que hay más de cuarenta especies de focas en peligro de extinción?... ¿Güey?... ¿Nacho?

Axioma del kaibil: "Si avanzo, sígueme, si me detengo aprémiame, si retrocedo mátame".

En la planta baja, Efraín Torrado continúa leyendo los forros del *Farándula*.

¿Dicen que eres un INÚTIL? ¿UN BUENO PARA NADA?
¿NADIE confía en ti?
¡NO TE PREOCUPES!
Demuéstrales que TÚ PUEDES.
RÁPIDO.
SIN EMPEÑAR, SIN BURÓ DE CRÉDITO, SIN AVAL...
¡¡ASÍ DE FÁCIL!!
¡¡TE PRESTAMOS EFECTIVO!!
¡¡HASTA 10 000 $$$$$$!!

Se abre la puerta del elevador. En manos de un experto, el uzi es una herramienta de precisión. Gámiz es metódico. Elige un blanco, apunta dispara. Elige otro blanco, apunta, dispara.

Axioma del kaibil: "Un kaibil no trata de cumplir una misión. La cumple".

Ante la agresión de un psicópata entrenado, la reacción de las personas agredidas varía dependiendo de rasgos que hasta entonces permanecieron ocultos en profundas zonas del carácter. Algunos se tiran al suelo y se cubren la cabeza, otros alzan las manos implorando piedad, unos más gritan sin control. En tales casos el destino mortal es inevitable. Otros más intentan escabullirse sin aspavientos, pasar desapercibidos como una sombra. Efraín Torrado se lanza detrás del mostrador, junto a la lavandera y el recepcionista. Desde su parapeto escucha ráfagas fugaces y gritos de terror cortados de golpe. Y de pronto sólo queda el bossa nova. ¿Qué más podría ocurrirle a Efraín Torrado?

Sobre el bulevar Villanueva, choferes, técnicos y reporteros respiran el aire acondicionado de las Vans, o dormitan en el césped del camellón, a la sombra de las palmeras. Algunos notan un ruido de brusco golpeteo y se aproximan a la entrada de la Torre, y entonces ven aparecer a este sujeto con chanclas, bermudas negras y una playera blanca con un letrero que dice *"Keep calm"*, armado con una metralleta pequeña. Y el sujeto dispara. Elige una posición, ubica un blanco, apunta y dispara. Los vidrios estallan y se manchan de sangre. Todos huyen despavoridos. Gámiz ubica otro blanco y dispara hacia las espaldas. Sigue disparando hasta que sólo se mueven las hojas de las palmeras.

Análisis de la situación: Perímetro en calma. El bulevar Villanueva se pierde a lo lejos entre las ondulaciones costeras de la Riviera maya.

La policía estatal lo intercepta dos kilómetros adelante. El kaibil entrega su arma sin oponer resistencia y sin decir palabra. Poco después, un grupo de agentes ministeriales armados hasta los dientes se encuentra con Marieta en la sala del *penthouse*. Ella los recibe como si fueran enviados especiales de *Vanity Fair*.

—De verdad, quiero ayudar...

Efraín Torrado fue el único fotógrafo que sobrevivió la masacre. Sentado en una banqueta del camellón, el paparazzi hace un recuento de los daños: sus nervios están arruinados, el telefoto se partió en dos, la cámara no enciende y no logró una sola foto de Marieta. Entonces la ve. A menos de cinco metros de distancia, saliendo de Torre Nautilus, impávida, despeinada y sin maquillaje, cubierta con una mascada y un largo, tosco e inexplicable suéter de lana gris, flanqueada por policías con casco y chalecos antibalas, la inconfundible estrella juvenil del pop mira sobre su hombro. Torrado se lamenta por la fragilidad de los nuevos equipos electrónicos. La imagen que no será capturada es la fotografía ideal de cualquier paparazzi experimentado: una imagen en estado salvaje. En la fotografía inexistente, esa mirada apuntaría hacia un punto indeterminado del suelo, cierto lugar fuera del cuadro. Desde la perspectiva de Torrado, Marieta está mirando una hilera de cadáveres sobre el asfalto, metidos en bolsas de plástico negro.

Apoteosis de Tania Monroy en el Estadio Azteca

Afuera del coloso de Santa Úrsula, el comercio informal invade la explanada de acceso. Alrededor del Sol Rojo —una mole de acero de veintiocho metros de altura, creada por Alexander Calder—, los vendedores ambulantes ofertan parafernalia fabricada en China: playeras, pulseras, distintivos, afiches, ceniceros, llaveros, tazas, gorras y banderines que exhiben la efigie de la Diva de México. Cada producto viene rotulado con el eslógan: *Tania es amor*. Una muñeca articulada y con bata de paciente hospitalizado, producción limitada, no se consigue por menos de dos mil pesos. Las taquillas cerraron antes del crepúsculo. Los revendedores ofrecen descaradamente boletos a un costo cinco veces mayor que el precio oficial.

Por dentro, el estadio es como la boca de una lamprea gigantesca que surge del subsuelo, un monstruo formado por cien mil gargantas exultantes y ansiosas. A ras de cancha, el escenario es algo así como una reproducción del Templo Mayor de Tenochtitlán, surcada por luces láser robóticas. En las pantallas gigantes se proyectan escenas en blanco y negro de *Una vida, una diva*, con fondo de pianito sentimental. Las cervezas están carísimas.

En la intimidad de los camerinos especialmente adaptados a los extravagantes requerimientos de la Diva de México, Berta Domínguez comunica a su jefa los últimos recados.

—Llamaron de parte de Méndez Rocha. Dicen que sí hay un papel para Lupe Fuentes en *Traiciones dolorosas*. También dicen que será una obra maestra y que esta concesión la hace sólo por tratarse de ti. Me dio la impresión de que están pensando en pedirte algunas apariciones como estrella invitada...

Tania permanece quieta detrás de las indescifrables gafas reflejantes. Pelo amarrado en larga cola de caballo, gorra y pants con el logo de Christian Dior, muy parecida a una de sus réplicas de plástico: naricilla finísima, afilada hasta lo inverosímil, la caricatura japonesa del estereotipo occidental; más que un Rodin o un Fidias, el cirujano del equipo Karwinski es el Miyazaki de la cirugía estética. ¿Cómo se sostienen los anteojos inmensos en ese rostro de animación japonesa? Misterio.

—Llamaron también del despacho de Larrazábal. Están listos para el juicio contra Mac Cervantes. El testimonio de Lupe es fabuloso. Mac Cervantes no sobrevivirá al primer careo. Lo aplastarán como a un insecto rastrero.

La diva no responde.

—El utilero sigue buscándote. No ha parado de marcar, van treinta y dos llamadas perdidas y estoy comenzando a sentir lástima, lo cual de por sí es extraño. ¿Bloqueo el número? ¿Le contesto? ¿Qué le digo?

La diva inmutable. El problema consiste en su voz. Tras la operación ya no suena cavernosa. Ahora es más aguda y nasal. Demasiado nasal, tal vez. A falta de símiles más eficaces, apuntemos que suena parecido al graznido de un pato. Karwinski lo explicó como un efecto secundario normal que pasaría en unos días. Raymundo Wu pronosticó que, para entonces, él ya estaría aterrizando en Guinea Conakry. Le sugirió a la cantante usar pista. Tania se negó rotundamente.

—Pinche Raymundo —dijo—, no mames, ¿cómo voy a hacer *playback* en el Estadio Azteca? ¿Crees que soy pendeja?

Y sonó igual que un pato.

—Tania, seamos honestos, ¡escúchate!

La amenazó de muerte. Después le suplicó de rodillas. La diva inmisericorde se ha mantenido con los labios fruncidos. Allá afuera la esperan la Orquesta Filarmónica de la UNAM y la Banda Arrolladora, en una señal retransmitida a todas las filiales en el continente y a cadenas asociadas en Europa y Asia.

—Muy bien, Tania. Sal y canta en vivo. Todo está listo. Tu público te espera. Será maravilloso, estoy seguro.

En el palco principal, Pepe Ortigoza y Antulio Ayub flanquean a Basilio Conrado, señor del tiempo aire, sus satélites y sus frecuencias. Conrado interrumpió su temporada de pesca en Mar de Cortés para asistir al magno acontecimiento. Mañana mismo, Telemanía anunciará la fusión de su área de Publicaciones con Gen Media, corporativo editorial del grupo NOS. Esto significa una parcial victoria para Ortigoza. Es probable que Ayub organice una contraofensiva. Por ahora ha decidido invertir su capital restante en bonos de deuda griegos.

Detrás del escenario, Susana Colmenares entrevista a personalidades de segundo piso para notas de relleno. Apenas anunciada la fusión con Gen, la jefa de información recibió un oficio enviado por la Vicepresidencia de Publicaciones. Naturalmente, una operación financiera de gran magnitud involucra drásticos cambios administrativos. La Dirección de Farándula S.A. quedará a cargo de la protuberante cubana Marta De Vil, la lengua venenosa de NOS, en sustitución del defenestrado Mac Cervantes. De Vil es reconocida como la más peligrosa arpía de la industria en Miami. Colmenares sabe que Mac es un pollito mojado comparado con el buitre que aterrizará en las oficinas. Se lo ha tomado con calma.

Y finalmente, con cincuenta minutos de retraso y sesenta bailarines ejecutando una alegoría dancística inspirada en la fabulosa trayectoria de la Monroy, las tribunas del estadio oscurecen. Miles de artilugios electrónicos configuran una galaxia de lucecillas portátiles. Invisible, guiada por los clarinetes y el oboe, la Orquesta Filarmónica de la UNAM introduce un prolongado *adagio sostenuto*. El arpa anuncia dulcemente la entrada del bajo eléctrico de la Banda Arrolladora. El público reconoce los primeros acordes de *Mis pecados* y la ovación estalla. Desde el subsuelo, ascendiendo lentamente sobre un elevador hidráulico, bañada por una intensa luz cenital entre nubes de humo blanco, ataviada con un diminuto conjunto de pedrería púrpura y un descomunal tocado de plumas de quetzal, aparece la diva. Un micrófono desciende desde las alturas. La Filarmónica y la Arrolladora incursionan juntas en un *andante non tropo*, dirigiéndose hacia puntos álgidos de tuba y trompetas. Las pantallas gigantes muestran un primer plano del rostro de Tania. Ovación. El monstruo gruñe complacido. Tania acerca el micrófono a sus labios.

—Gracias, público querido... gracias México... gracias Telemanía... gracias Dios mío...

Como un pato.

Desconcierto es la palabra más adecuada para este momento. El director de la Filarmónica baja los brazos. Los integrantes de la Arrolladora se miran entre ellos. En las gradas los fanáticos no saben cómo reaccionar. La confusión colectiva es tan intensa que en los cuartos de control alguien prende las luces generales del estadio. Por un instante, el monstruo se contempla a sí mismo.

Y la diva comienza a cantar. A capela, afinada y contenida, interpreta *Mis pecados* con su voz de pato. Mueve la cintura, alza los hombros, ondea la negra cabellera y canta y las plumas se agitan al ritmo de una balada tropical. Nunca fue una gran vocalista, pero esto es asombroso. Y una secuencia de intensas emociones colectivas fluye y traspasa los cuerpos en el graderío. Primero es lástima.

La multitud siente dolor al comprender el sufrimiento de otra persona. El bajo de la Arrolladora regresa y los sentimientos de compasión invaden la tribunas. La gente quiere ayudar. Los violines de la Filarmónica irrumpen con un *allegro vivace* y el público se identifica plenamente con el personaje que está allá abajo, esforzándose, cantando como un pato. Casi puedes ver las oleadas de empatía. Los compases progresan y la multitud se descubre pletórica de sentimientos nobles. El monstruo vibra y se conmueve. Tania sigue cantando y la Filarmónica en pleno desata un *allegro impetuoso* y los integrantes de la Arrolladora saltan y giran como derviches. El público ovaciona de pie y eleva los brazos al cielo y canta acompañando los coros, en un clímax eufórico de amor y fraternidad. Los timbales de la Filarmónica se contraponen a la tambora de la Arrolladora y Tania termina con un sostenido falsete de pato superponiéndose al *finale prestissimo*. Y ahí está la diva, jadeante al centro del escenario, bañada por un intenso haz lumínico blanco.

Lo que sigue ya no es una ovación. Es una alabanza. Una apoteosis. Los mortales le atribuyen cualidades divinas a otro mortal. Mediante rituales simbólicos, lo transforman en una deidad viviente. Es también un acto sacrificial. Tania Monroy contempla la galaxia de lucecillas portátiles y percibe el júbilo masivo como un flujo creciente de energía penetrando su cuerpo. De sus entrañas surge algo helado que recorre sus venas. La Diva de México se siente exactamente igual que un pedazo de carne en el congelador. Te queremos, Tania. Sé tú el ídolo de pedrería y plumas. Sé tú nuestra virgen puta. Sé tú las culpas, los miedos, los odios. Sé tú las vergüenzas. Es nuestro deber alimentar al monstruo.

ÍNDICE

¿Acaso no es tu sueño hacer el ridículo en alta definición?, *11*

No soporto los escándalos, *19*

Un pedazo de carne, *29*

Como una sombra, *33*

La neurona Jennifer López, *39*

Un tabloide sin escrúpulos, *46*

Cuestión de entusiasmo, *57*

Fantasías de cabaret, *66*

Carnicerías públicas con asuntos privados, *78*

Como un rayo, *86*

Afirmativo, R11, *99*

Donde las ondas electromagnéticas se transforman en dinero, *112*

Foquitos rojos, *124*

Una combinación de gas mostaza y pirenol, *131*

El reality es cierto, *137*

Esto debe ser una confusión, *143*

Llama a la recepción y diles que suban una vida, *148*

¿Crees que cualquier puta puede salir en televisión?, *154*

Tu curioso experimento, *160*
Servicios sofisticados para gente importante, *167*
El gurú trasnacional de la mitosis, *180*
Me faltan palabras, *188*
Por una nariz, *195*
Un macho alfa de carácter imprevisible, *198*
¡Salvemos a las focas!, *203*
Apoteosis de Tania Monroy en el Estadio Azteca, *209*

Fernando Lobo nació en la Ciudad de México, en 1969. Cursó estudios de Letras hispánicas, pero se fastidió pronto. Fue reportero de nota roja, profesor de gramática, tipógrafo y promotor cultural. También se fastidió. En 2009 realizó la antología de jóvenes narradores oaxaqueños *Después del derrumbe* (Almadía). Está incluido en las dos ediciones de *Cartografía de la literatura oaxaqueña actual* (Almadía, 2006 y 2012). Ha publicado los libros de narrativa *Traslados / El expediente Baunman* (1999), *Después de nada* (2002), *Relato del suicida* (Almadía, 2007), *No lo tomes personal* (2008), *Contacto en Cabo* (2009) y *Latinas candentes 6* (Almadía, 2013), así como el ensayo *Sentido común, simulación y paranoia* (2013), que también fue publicado en España en 2015.

Títulos en Narrativa

LATINAS CANDENTES 6
RELATO DEL SUICIDA
DESPUÉS DEL DERRUMBE
Fernando Lobo

LA INVENCIÓN DE UN DIARIO
Tedi López Mills

EMMA
EL TIEMPO APREMIA
POESÍA ERAS TÚ
Francisco Hinojosa

CARNE DE ATAÚD
MAR NEGRO
DEMONIA
LOS NIÑOS DE PAJA
Bernardo Esquinca

NÍNIVE
Henrietta Rose-Innes

AL FINAL DEL VACÍO
POR AMOR AL DÓLAR
REVÓLVER DE OJOS AMARILLOS
CUARTOS PARA GENTE SOLA
J. M. Servín

OREJA ROJA
Éric Chevillard

LOS ÚLTIMOS HIJOS
EL CANTANTE DE MUERTOS
Antonio Ramos Revillas

LA TRISTEZA EXTRAORDINARIA
DEL LEOPARDO DE LAS NIEVES
Joca Reiners Terron

ONE HIT WONDER
Joselo Rangel

MARIENBAD ELÉCTRICO
Enrique Vila-Matas

CONJUNTO VACÍO
Verónica Gerber Bicecci

LOS TRANSPARENTES
BUENOS DÍAS, CAMARADAS
Ondjaki

PUERTA AL INFIERNO
Stefan Kiesbye

EL APOCALIPSIS (TODO INCLUIDO)
¿HAY VIDA EN LA TIERRA?
LOS CULPABLES
LLAMADAS DE ÁMSTERDAM
PALMERAS DE LA BRISA RÁPIDA
Juan Villoro

DISTANCIA DE RESCATE
PÁJAROS EN LA BOCA
Samanta Schweblin

EL HOMBRE NACIDO EN DANZIG
MARIANA CONSTRICTOR
¿TE VERÉ EN EL DESAYUNO?
Guillermo Fadanelli

BARROCO TROPICAL
José Eduardo Agualusa

APRENDER A REZAR EN LA ERA DE LA TÉCNICA
CANCIONES MEXICANAS
EL BARRIO Y LOS SEÑORES
JERUSALÉN
HISTORIAS FALSAS
AGUA, PERRO, CABALLO, CABEZA
Gonçalo M. Tavares

25 MINUTOS EN EL FUTURO. NUEVA CIENCIA FICCIÓN
NORTEAMERICANA
Pepe Rojo y Bernardo Fernández, *Bef*

CIUDAD FANTASMA. RELATO FANÁSTICO DE LA
CIUDAD DE MÉXICO (XIX-XXI) I Y II
Bernardo Esquinca y Vicente Quirarte

EL FIN DE LA LECTURA
Andrés Neuman

LA SONÁMBULA
TRAS LAS HUELLAS DE MI OLVIDO
Bibiana Camacho

CIUDAD TOMADA
Mauricio Montiel Figueiras

JUÁREZ WHISKEY
César Silva Márquez

TIERRAS INSÓLITAS
Luis Jorge Boone

CARTOGRAFÍA DE LA LITERATURA
OAXAQUEÑA ACTUAL I Y II
VV. AA.

EL HIJO DE MÍSTER PLAYA
Mónica Maristain

Títulos en Crónica

MIGRAÑA EN RACIMOS
Francisco Hinojosa

LOS PLACERES Y LOS DÍAS
Alma Guillermoprieto

LOS ÁNGELES DE LUPE PINTOR
Alberto Salcedo

SOLSTICIO DE INFARTO
Jorge F. Hernández

MEMORIA POR CORRESPONDENCIA
Emma Reyes

CONTRA ESTADOS UNIDOS
Diego Osorno

D.F. CONFIDENCIAL
J. M. Servín

TODA UNA VIDA ESTARÍA CONMIGO
VIAJE AL CENTRO DE MI TIERRA
Guillermo Sheridan

DÍAS CONTADOS
Fabrizio Mejía Madrid

72 MIGRANTES
Alma Guillermoprieto

EL HIJO DE MÍSTER PLAYA
Mónica Maristain

8.8: EL MIEDO EN EL ESPEJO
PALMERAS DE LA BRISA RÁPIDA
Juan Villoro

Títulos en Poesía

ODIOSO CABALLO
DIARIO SIN FECHAS DE CHARLES B. WAITE
MAL DE GRAVES
POBLACIÓN DE LA MÁSCARA
LA ISLA DE LAS BREVES AUSENCIAS
Francisco Hernández
Premio Mazatlán 2010
Mención honorífica. Bienal Nacional de Diseño del INBA 2009

AMIGO DEL PERRO COJO
MUERTE EN LA RÚA AUGUSTA
Tedi López Mills
Premio Xavier Villaurrutia 2009

JACK BONER AND THE REBELLION
GALAXY LIMITED CAFÉ
ESCENAS SAGRADAS DEL ORIENTE
josé eugenio sánchez
Premio Internacional de Poesía Fundación Loewe
a la joven creación 1997

POEMAS DE TERROR Y DE MISTERIO
Luis Felipe Fabre

LA BURBUJA
PITECÁNTROPO
Julio Trujillo

ARTE & BASURA
Mario Santiago Papasquiaro

SI EN OTRO MUNDO TODAVÍA
Jorge Fernández Granados

FRIQUIS

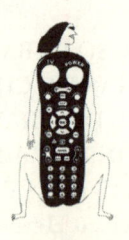

de Fernando Lobo
se terminó de
imprimir
y encuadernar
el 4 de mayo de 2016,
en los talleres
de Litográfica Ingramex,
Centeno 162-1,
Colonia Granjas Esmeralda,
Delegación Iztapalapa,
México D.F.

Para su composición tipográfica se emplearon las familias Bell Centennial y Steelfish de 11:14, 37:37 y 30:30. El diseño es de Alejandro Magallanes. El cuidado de la edición estuvo a cargo de Karina Simpson. La impresión de los interiores se realizó sobre papel Cultural de 75 gramos.